汽车节油窍门我教你

主　编　王京民

科学技术文献出版社

Scientific and Technical Documents Publishing House

北　京

（京）新登字 130 号

内 容 简 介

本书从原理出发，结合驾驶经验，以通俗易懂的语言讲解汽车运行节油窍门，可使读者既能掌握相关操作技巧，又能懂得背后的理论知识，从而做到更科学地养护、运用自己的爱车。本书不仅适合驾驶员和私家车主阅读，也可供汽车维修、汽车管理人员参考使用。

科学技术文献出版社是国家科学技术部系统惟一一家中央级综合性科技出版机构，我们所有的努力都是为了使您增长知识和才干。

前　　言

在我国，随着改革开放的深入，汽车已逐渐进入了家庭，而且数量与日俱增。无疑，私家车给家庭带来了诸多方便，使生活水平大幅提高，但要看到，在使用汽车的同时，家庭也要承担车的使用、维护费用开支，这项开支不容忽视，尤其是在油价不断上涨的情况下。因此，购车之后，车主必须要学习科学使用维护汽车的知识，做到正确合理地使用维护自己的车，将车的使用成本降到最低限度。

首先需要解决的就是减少燃油消耗的问题。开车者往往会发现，汽车行驶中的实际耗油量要远大于汽车制造商标定的百公里油耗指标，如果我们能够将汽车耗油量控制在厂家标定的百公里油耗之内。我们养车的成本就会大大降低。为什么厂家标定的油耗和我们实际使用中的油耗有如此大的差别呢？是厂家在说谎吗？还是厂家的汽车是粗制滥造的呢？根据笔者的探索与试验，都不是，而是由于我们使用者自身对车辆的不了解和对汽车知识的缺乏，自己在操作中不能做到很好地适应汽车的性能和利用汽车的性能造成的，所以，要想降低养车成本，其关键的问题是要了解汽车，掌握汽车，使自己的操作适应汽车，这样油耗就能基本控制在厂家标定的范围。笔者通过试验得出的结论是，在国道和高速路上行驶一般不超过百公里标定油耗的 5％，如果在市区行驶，不超出百公里油耗的 20％，应当说是没有什么问题的。为帮助驾驶者实现节油的目标，本书从汽车的构造、性能、保养、原材料运用、驾驶等方面较详尽地介绍了节油的知识。本书编写中难免有疏漏和不妥之处，诚恳欢迎读者批评指正。

目　录

第一篇　汽车构造、运用与油耗

第一章 汽车构造、性能、驾驶与节油

一、汽车发动机的发展趋势、构造的 变化与正确使用

目前,世界上的活塞式内燃机,正在向着减轻重量、增加功率、提高转速、强化发动机性能的方向发展,尤其是 20 世纪 80 年代以后的这 20 多年间,以日本和欧洲在这方面的变化最大、最快,美国次之。为什么会这样呢? 因为我们知道,当相同重量的发动机发出的功率增大,那么它的 kW/kg 就增加了,相同排量的发动机升功率也同时增大。这样相同功率的发动机体积会减小、重量减轻,安装和使用就会更方便。比如我们过去使用的老解放用的发动机,它的排量是 5.56L,功率是 70kW,重量是 200 多 kg,而我们现在的由 8A 汽油发动机衍化而来的 479 发动机系列排量是 1.3L,功率是 63.2kW,重量是 118kg。现在发动机的比功率远远大于过去的老式发动机。现代发动机比功率增大了、体积缩小、重量减轻,热效率增加,经济性、动力性有了显著提高,安装也更方便。在发动机强化的同时,新的问题也出来了,由 $P_e = T \times n / 9550$ 发动机功率、转速、扭矩之间的关系我们可以看到,要使发动机功率在相同条件下增加,改变发动机转速来得最明显、最直截了当,也最快,比如 CA10B 发动机,如果将其转速提高到 6000r/min,那么它的功率会达到多少呢? 也就是说当发动机转速提高 1.2 倍时,功

率增加了 3.4 倍多。随着发动机转速的提高,活塞速度尤其是瞬时速度会很大,这种变化是目前生产发动机的工艺和材料无法承受的。根据科研部门对发动机的试验与研究,目前生产工艺和材料所能达到的发动机活塞最大平均速度是 16~19m/s,为了不使因转速的提高而使活塞平均速度增加、热负荷升高、曲柄连杆机构惯性力负荷过大,从而使发动机磨损加剧,寿命缩短,在结构上就不得不进行改造,一般以降低行程的方式来解决。活塞行程的减小使发动机在低转速区的扭矩减小,就会发现在使用中汽车加速不那么灵敏了,要想使汽车有良好加速性能就要使发动机转速在 3000~4000r/min 运转。

二、从控制方式看现代发动机的变化

为了减少汽车尾气对空气的污染,人们经过多年的研究努力以及电子计算机技术的发展与应用,现代汽车用汽油发动机都已经使用了电子控制汽油喷射系统,这样,发动机的工作方式与过程相对于过去化油器式发动机有了很大的不同和变化。化油器式发动机在正常中速行驶时,其混合气浓度较低,一般在 16∶1~17∶1 之间,因过去化油器有加速泵,在需要提速时将油门踩下,加速泵额外供油使发动机混合气浓度瞬时加浓到 8∶1 左右,由于混合气浓度提高使混合气的燃烧速度增长很快,又由于过去发动机最大扭矩在低转速区(1200r/min 左右),使得我们感觉其加速性能很不错。现代发动机由于控制方式的改变和对排放控制的要求,其加速时混合气浓度就不能降低,这首先就影响了汽油的燃烧速度,由于在踩下油门时电控系统是根据节气门位置传感器、进气压力传感器、发动机转速、发动机冷却液温度、进气温度等信号通过电子计算机计算以后来改变供油量的,这首先就有一个反应时间问题,再由于尾气排放的限制,混合气的浓度又不能做得很大,故而影响了其加速性能。又由于现代发动机的最大扭矩转速普遍较高,一般在 4000r/min 左右,给人们的感觉是汽车发闷、提速不好、反应迟钝。

三、发动机的工作温度对燃烧状态、发动机磨损、发动机性能的影响

下面就从内燃机工作原理谈一谈发动机的工作温度给发动机燃烧、发动机磨损形成的危害及对发动机性能的影响。在过去我们学习开车时,教练都会告诉我们出车前要预热,那么是不是必须要预热。不预热行不行,不预热有什么危害,有什么损失呢? 发动机在刚刚启动时,发动机缸体、冷却液温度、缸筒内的温度与发动机的正常工作温度相差很大。现代发动机要求的正常工作温度一般在 80～105℃。为什么会要求这么高的温度呢? 根据科研部门的研究,当发动机工作温度低时,第一会使热交换率增加,热损失加大,现代发动机在正常工作状态下燃烧热能的大约 33% 由排气系统排掉,大约 28.5% 因散热而形成损失,有大约 38.5% 热能做功。如果发动机在低于正常工作温度下工作,它的第一个损失就是有高于 28.5% 的热量经发动机缸体、冷却液散发到大气中去,在发出同样的功率时要比正常工作温度状态下所消耗的燃油量增加。第二因温度过低,燃料的雾化质量会变差,从而使燃烧过程变坏,由发动机工作原理我们知道发动机最好的工作状态是等容燃烧工作状态,也就是说活塞在上止点附近时的短时间内完成燃烧。如果发动机工作温度低,燃油雾化不好,就会使等容燃烧期内燃烧的燃料量减少。活塞在上止点后的燃烧分为两个时期,一个是补燃期;一个是后燃期。补燃期越短越好,补燃期越短,等容燃烧期内烧掉的燃料越多,缸内形成的压力越大,做的功越多。后燃期燃烧的是补燃期没有烧完的那部分燃料。后燃期越长,后燃期烧掉

的燃料就越多。因为后燃期是等压燃烧，也就是说后燃期内烧掉的燃料不能使汽缸内燃气的压力升高，所以也就不能做功，而是弥补了活塞下行缸内压力下降的部分，所以后燃期内烧掉的燃料没有得到利用，而是由缸体和冷却液带走并使发动机温度升高而损失了。由此我们知道，由于发动机工作温度低而使发动机工作性能变坏，并因工作性能变坏使发动机输出功率下降。第三就是因雾化不好使发动机润滑条件变坏，增加了缸筒活塞的磨损量，燃油经活塞、活塞环与缸筒的间隙进入油底壳，使发动机润滑油稀释，润滑油过早出现氧化变质从而进一步增加活塞与缸筒的磨损并同时增加发动机的摩擦功，使输出功率降低，油耗增加，发动机寿命缩短。也许有人会说，就只是发动机工作温度过低就有如此大的危害吗？下面是日常生活中最常见的一种现象，我们从这种现象中就不难想象发动机在工作时会有什么问题发生。我们在日常生活中大概都见过这种现象，在中原地区夏天空气比较潮湿即将下雨时，气温比较低的地方比如水管外壁上会凝结很多水珠，严重时甚至顺着水管向下流淌。为什么会有这种现象呢？因为空气中的水分遇冷后，就会凝结成水珠。那么在发动机工作时这种现象会不会有呢？这种现象同样会发生。我们现在的发动机的燃油虽然是经喷油嘴形成很细小的雾滴状喷射到发动机进气道里的，但它还不能完全满足发动机的工作要求。最理想的状态应该是形成用眼看不到的混合均匀的气体状态，只有在这时发动机的燃烧才会最迅速最理想，输出的功率才会最大。然而当发动机工作温度过低时，首先进入发动机里的燃料因发动机温度高使其温度进一步升高而使其汽化，汽化后的燃料因缸内温度较低，混合气与缸壁接触后因缸内温度较低会再次凝结成滴状附着在缸壁上，从而使燃烧更不容易。如果附着在缸壁上的油滴过多，它就会将缸壁上的润滑油膜破坏掉并随着活塞的运动进入发动机润滑油中，破坏发动机润滑油的原有性质并破坏缸筒与活塞的润滑，使其摩擦阻力增大,磨损量增加。我们知道缸筒和活塞这对运动配合副本身的润滑条件就很恶劣。为什么呢？因为供油多了油膜形成了,就会由于活塞与活塞环的运动将发动机润滑油过多地带入燃烧室内造成烧机油,所以活塞和缸筒的润滑是很困难的,处在半干摩擦状态,工作条件本身就很苛刻。如果因燃油雾化不好再破坏那很可怜的油膜,可想而知活塞的工作条件会变得有多么恶劣,固而造成活塞与缸筒磨损量的急剧增大。据有关科研机构 20 世纪 70 年代的研究成果,如果发动机在低温下工作,其磨损量是正常工作温度下磨损量的 3～4 倍。因润滑油膜的破坏造成活塞与缸筒的摩擦损失功率比正常工作温度下的也会大很多,因此会造成发动机寿命缩短,故障率升高,机油变质加快,摩擦损失功率增大,燃油耗量增加。

四、发动机控制策略、功能、发动机工作温度与耗油量之间的关系

前面我们对发动机在低温状态下工作的危害进行了介绍,除了这些危害和油耗增高以外,那么现代电子控制汽油喷射发动机在工作温度低于正常工作温度时,除了这些问题以外还有什么不同吗？它的不同是什么呢？下面将从控制策略、功能与发动机之间的关系向大家介绍。

笔者在车辆维修过程中曾经遇到过不少车主反映,说其驾驶的汽车在冬天耗油量比夏天用空调时还高,比春秋季不用空调,不用暖风时高得更悬殊。有的人说冬天耗油高是因为早晨热车时间长造成的,也有的说是因为汽车跑市区,短途老是热车,甚至一天要热几次车造成的。后来又有车主反映说他的车跑长途也没有什么改变。针对这些客户的反映,笔者进行了多方面的思考,无法从理论上给予合理的解释和找到问题的原因,在这种情况下,笔者与

客户进行联系,让客户把车开过来进行试验并检查。经过路试发现,发动机的工作温度只有 60℃ 左右,在国道上正常行驶时发动机工作温度降低到 50℃ 上下,得到这个结果以后使笔者恍然大悟,这些耗油量高的汽车,之所以冬季耗油量比夏季用空调时还高,其根本原因是由于发动机工作温度不正常引起的。

我们在驾驶现代汽车时,都会有一个特别明显的区别于过去化油器汽车的特点。在过去驾驶化油器汽车时,在比较寒冷的冬天启动时,要关闭阻风门而且要关闭 1/3 甚至 1/2,在启动时通常还要用加速泵向进气管泵几次油(如果在点火和供油系统良好的情况下)发动机才能启动,有时由于气温特别低,可能要重复几次才能启动。当发动机启动后要将油门踩住让发动机运转一定时间才能抬起油门,温度略有升高后再将阻风门推回去。只有这样发动机才能稳定运转。现代汽车这些程序都用不着了,只要我们一打马达,发动机就能很顺利地启动。当发动机启动后,发动机会自动稳定在 1500r/min 左右让发动机升温,并随着发动机温度升高,发动机转速逐渐回落到正常怠速转速。这就是现代电子控制汽油喷射系统的控制策略之一。

为了满足发动机各种工况的要求,发动机混合气的空燃比采用闭环与开环相结合的策略,主要分为三种控制方式:

(1)冷启动和冷却液温度低时;

(2)部分负荷和怠速运行时;

(3)节气门全开时。

在这里我们只介绍第一种,冷启动和冷却液温度低时的控制策略。

喷油持续时间(脉宽)的控制策略:

喷射方式有同步喷射和异步喷射两种。同步喷射是指喷油时与发动机曲轴转角有对应关系的喷射;异步喷射是指根据传感器的输入信号要求采取的除了正常喷射以外额外的喷射,一般与曲轴转角无关,在大多数情况下,电子控制汽油喷射系统采用的是同步喷射方式,只有在启动、起步、加速等工况下采用异步喷射方式工作。

同步喷射:

①启动喷油控制的策略

大部分发动机在启动时是根据发动机 ECU 内存中冷却液温度、喷油时间和发动机当时的温度查出相对的基本喷油持续时间,然后根据当时的气温、蓄电池电压进行修正得到启动时喷油持续时间(即喷油脉宽)。

启动时喷油脉宽=基本喷油时间(冷却液温度的函数)+进气温度修正系数+蓄电池电压修正系数。

启动期间的喷油时间除了考虑冷却液温度、进气温度和蓄电池电压以外,有的厂家还考虑发动机转速、启动次数等因素。

冷启动和冷却液温度低,混合气稍浓;喷油时间增长,喷油时间随冷却液温度的升高逐步减少,空燃比逐步达到化学计量比。

②喷油量的修正

发动机 ECU 根据各种传感器获得发动机和汽车运行工况的各种信息,对已确定的基本喷油时间进行修正。

a. 启动加浓:为了改善发动机启动性能,要根据冷却液温度对喷油量进行修正,温度低时增加喷油量。

b. 启动后加浓:发动机启动后,点火开关从启动位置转到正常工作位置,这段时间内额外增加一定的喷油量,使发动机能克服低温时的运转阻力,保持稳定的转速。喷油量的初始修正值根据冷却液的温度确定,然后以一定速度下降,逐步达到正常化学计量比,此过程在启动后几十秒内结束。

c. 暖机加浓:加浓量随着冷却液温度而变化,冷却液温度低时增加的喷油量多,当温度在−40℃时,加浓的油量约是正常油量的 2 倍。

③进气温度修正

发动机进气密度随进气温度而变化,因此,必须根据进气温度修正喷油持续时间,才能保证发动机在此工况下运行时达到所需的化学计量比。一般以-20℃作为进气温度的标准值,ECU根据进气温度低于或高于该标准温度增加或减少喷油量,最大修正量约为正负10%。

④冷却液温度修正

冷却液温度比进气温度对发动机性能的影响要大得多,其最大修正量为30%。冷却液温度高则修正系数小;反之,修正系数大。

由以上对燃油控制策略的介绍不难理解:启动加浓、暖机加浓、进气温度修正、冷却液温度修正不难看出发动机工作温度低于正常工作温度时为什么耗油量会高出许多了,也就是说,当发动机低于正常工作温度时,由于燃油控制策略中冷却液温度修正的功能,老是在高于化学计量比的混合气浓度下工作,修正量有30%左右。当发动机工作温度低得过多时,百公里油耗很可能是冷却液温度修正量与进气温度修正量的和再加上百公里标定油耗,即:百公里标定油耗×30%+百公里标定油耗×10%+百公里标定油耗=百公里实际油耗。假若汽车的其他技术状态良好,在经济时速下匀速行驶,标定百公里油耗是5L,其实际耗油量就要在5+5×0.4=7L左右。为了解决这个问题,在使用时一定要注意发动机的工作温度,尽可能使发动机保持在正常工作温度。如果在使用中出现发动机工作温度低不能达到正常工作温度范围,一定要及时检查和维修,使发动机保持在正常工作温度范围,以杜绝油耗量的增大。

五、现代汽车控制系统功能——断油功能

为了解决在行驶中油门突然减小而引起燃烧恶化、排气污染

较重、发动机超速、汽车超速行驶等问题,现代汽车电子汽油喷射系统普遍设计了断油功能。断油功能不但能解决突然减速时污染较重、发动机超速、汽车超速的问题,而且还可以用来解决行驶中减速节油的问题。

断油分为 3 种情况:

①减速断油是指发动机在高速运转时急剧减速,节气门完全关闭,ECU 控制喷油器停止喷油,以改善排放性能和燃油经济性。断油后,当发动机转速降到某一定值以下时或节气门再度开启时,喷油器重新喷油。这一限定值与冷却液温度和空调状态有关,当冷却液温度低和空调工作时,喷油器断油和重新恢复喷油的转速较高,发动机断油和恢复过程点火。喷油和转速的控制策略为:在达到断油转速时,为了避免发动机产生冲击,点火需适当地推迟,延迟一段时间才开始断油;在断油时,采用急速时的点火提前角;断油结束后,先要有一段大的喷油脉宽,以弥补断油期间进气管内燃油由于蒸发而造成的减少,然后逐渐增加,点火提前角也不断增加。通常断油转速高于喷油恢复转速。

②发动机超速断油是指发动机超过额定转速时停止供油,以免损坏发动机。

③汽车超速行驶断油是指车速超过限定值时,停止供油。

断油的功能怎样操作才能充分利用,使其起到应有的作用呢?这部分将在行驶中断油功能的运用中向大家介绍。

六、空燃比控制策略和控制方法

为了满足发动机各种工况的要求,混合气的空燃比需要采用闭环和开环相结合的策略。

(1)冷启动时的控制

冷启动时通常采用开环控制方式;由于启动时发动机转速低、

冷却液温度低、燃油挥发性差,需对供油量进行一定的补偿。可燃混合气的空燃比与冷却液温度有关,冷启动和冷却液温度低时混合气稍浓,随着温度增加,空燃比逐渐变大。

(2)部分负荷和怠速运行时空燃比的控制策略

在常用部分负荷和怠速工况下,为了获得低的排放,并有较好的燃油经济性,必须采用电控汽油喷射加三元催化转化器,进行空燃比的闭环控制。采用三元催化转化器后,空燃比只有在化学计量比附近很窄的范围内,CO、HC 和 NO 的排放浓度均较小,因此利用氧传感器输出信号作为反馈信号,ECU 根据氧传感器信号经过计算获得混合气的浓度,并及时调整供油量以使混合气达到理论混合气浓度。这种方式叫做闭环控制方式,这样才能使混合气空燃比严格控制在化学计量比附近很窄的范围内,使三元催化转化器转化效率最高,尾气排放中的有害成分降至最低。

(3)节气门全开时空燃比的控制策略

为了获得最大的发动机功率和防止发动机过热,采用开环控制,即此时混合气的浓度不再采用氧传感器信号而是根据节气门开度信号和空气流量信号将混合气空燃比控制在 12.5~13.5 范围内,此时发动机内混合气燃烧速度最快,燃烧压力最高,因而输出功率也最大。

(4)大负荷加浓时的空燃比控制策略

当发动机在大负荷工况下运行时,为了保证发动机处于最佳工作状态,降低发动机燃烧与排气温度,改善发动机的燃烧状态与动力性,根据发动机负荷状况增加喷油量,发动机负荷状况可以根据节气门开启角度或进气量的大小来确定,大负荷的加浓程度比正常喷油量高 10%~30%。有的甚至比正常供油量多几倍。

(5)过度工况空燃比控制

发动机在过渡工况下运行时,若只使用基本喷油持续时间,则在加速时混合气会瞬时变稀,在减速时混合气会瞬时变浓,因此需要对燃油进行修正,以免发动机发生喘振,汽车产生振动,启动时发动机出现倒转,排气中有害成分增加等现象。

加速时负荷变化率越大,即单位时间内的空气流量变化率越大,修正量也越大,水温越低,加速修正系数越大;减速时节气门关闭,进气管内压力降低,促使附着在进气管壁部位的汽油加速汽化,与加速工况相反,减速时要使喷油持续时间比基本喷油时间少,即减速减稀。

(6)加速时的空燃比控制

当节气门急速开启或进气量突然变大时,为了提高加速响应性能,在同步喷射基础上增加异步喷射,加速的加浓因子在开始一段时间大,也就是说加速时的喷油脉宽开始时很大,随着点火次数的增加按一定斜率慢慢减至标定的理论混合比时的喷油脉宽。

(7)电压修正

喷油器实际打开时间比 ECU 控制喷油器的时间要晚。假如电流进入喷油器的绕组所需的时间为 T_1,电流切断时所需的时间为 T_2,$T_1 - T_2$ 得到 T,即为喷油器绕组感应产生的延迟,这意味着喷油器打开时间比 ECU 计算所需要打开的时间短,使实际空燃比比发动机所要求的空燃比大,即较稀。蓄电池电压越低,滞后时间也越长,ECU 根据蓄电池电压的高低相应地延长喷油信号的持续时间,对喷油量进行修正,使实际喷油时间接近于 ECU 的计算值。

七、由控制策略看操作方式与节油

细读一下发动机控制策略就不难发现我们操作时很多不正确的做法是什么了,也就不难理解汽车油耗量为什么会那么高了。下面笔者就给大家介绍操作方式怎样适应发动机的控制策略,怎样做才能使汽车的油耗降低。

现在随着有车家庭越来越多,养车费用成了家庭经济支出的大项,而在这一项目中,汽车燃油是一个大头,保养和维修费用次之。如何节省燃油,怎样保养以减少不必要的维修费用成为摆在每一位车主面前的实际问题。

汽车是否省油,从汽车设计、制造方面讲,一般汽车制造厂家都会从降低油耗上做文章,下工夫,而且都会在汽车的使用手册中给出百公里耗油量。那么当我们实际驾驶汽车行驶时,实际耗油量与给出的百公里标定耗油量有差距吗? 有,而且有时差距还很大。一般的有良好驾驶技术的驾驶员在市区行驶的实际耗油量要比标定的每百车公里耗油量高 20%~30%,在国道和高速公路上行驶时耗油量能基本与厂家标定的百公里耗油量持平。但对于大多数驾驶员来说就不是这么回事了,由于驾驶技术与对车辆的性能了解不够,他们在实际驾驶中百公里油耗要比标定油耗高得多得多,据了解,他们的实际百公里油耗,在市区行驶时能达到标定油耗的 145%~160%,甚至在标定油耗的 180%~200%,也就是说,一辆标定百公里耗油量为 5L 的汽车,在他们手里的实际耗油量为 7~8L,高的达到 9~10L。为什么会有这样大的差距呢? 标定油耗是汽车制造厂在特定条件下,用汽车的行驶速度与所消耗的功率通过严格的测试计算得出的百公里等速油耗,也叫汽车的等速燃油经济特性。我们在实际使用中外部条件和内部条件是不可能与汽车制造厂测试时的情况完全相符的,是会有变化的。比如,在实际使用中由于路面的问题,造成滚动阻力与加速阻力的改变,由于风的问题造成空气阻力的改变,由于路面坡度的问题造成行驶阻力的改变,由于燃油的质量问题造成热效率的改变,发动机运行材料使用不当使发动机运行阻力增加、实际输出功率的改变,附属设备的使用消耗功率使发动机输出功率减小,等。那就是说随着外部条件的改变,耗油量高就是正常的了? 也不是,根据笔者的经验,在市区行驶时实际耗油量是标定油耗的 1.1~1.2 倍,在国道和高速公路上以均匀的经济速度行驶实际百公里油耗与标定百公里油耗基本持平是正常的,再高就不太正常了。如果高出很多,问题出在哪儿了呢? 根据笔者这些年来的经验,问题出在了我们自身,因为这些年以来在维修过程中基本没有发现,最起码说很少发现车辆自身的技术问题或者说因故障而使耗油量过高的问题,而是出在了我们对车辆的了解,驾驶,保养,燃料,润滑油的使用上。

节省燃油有什么方法与途径吗? 有,上面我们介绍了内燃机结构的变化与现代内燃机控制方面的一些知识,下面看看在实际操作中应该怎样利用这些知识,怎样做到省油。

汽车省油的方法与途径很多,只要我们努力学习,认真总结,就可以找到。这里首先要告诉大家的是:

(1)保证行车安全;

(2)努力掌握和学习驾驶技能;

(3)养成良好的驾驶习惯;

(4)学习点汽车理论知识,维护好车辆;

(5)学习点汽车运行材料知识,正确使用汽车运行材料。

怎样叫做正常使用? 当拥有了一辆汽车时,应该怎样使用汽车成了目前摆在每一位车主面前的首要问题。拥有汽车的人、摸过汽车的人都知道,要将汽车开走很容易,只要有人带着或者到汽车驾驶学校学上几个月,就能开着汽车上路,但要开好一部车,那实在不是一件容易的事,需要经过几年甚至几十年的锻炼。要有不断进取、努力学习、刻苦钻研的精神,不断去摸索、探讨,积累驾驶、保养的经验才能总结出既节油又安全的行车方法,养成良好的驾驶习惯,也才能知道怎样做才是正确使用,才是正确保养,真正爱护自己的车。

(一)出车前应该做的

每天出车以前,要对汽车进行出车前检查,检查发动机润滑油是否在规定的范围,检查冷却液是否在规定的范围,检查燃油的储量有多少? 并顺手检查刹车总泵、离合器总泵的制动液是否在规定的范围之内。当检查完以上项目以后启动发动机进行预热。发动机启动以后,要下车检查四轮的轮胎气压是否正常,围着车转一圈并低头观察汽车底部,看看是否有不正常和漏油的地方,看看车下和其他部位有没有妨碍汽车移动的障碍物。然后回到发动机仓看看发动机是否有漏油、漏水的地方,听一听发动机运转的声音和平常是否一样,有没有异常声音出现。经过以上检查确认没有异常情况时,发动机的预热也就基本上差不多了,就可以盖上机仓盖起步上路行驶了。有的驾驶员可能会问,这些检查必须每天都要做吗? 对,每天必须要做,因为汽车在一天的或多或少的行驶中,是在不断变化的过程中工作的,问题随时都有可能发生和出现,只有我们每天进行检查才能做到心中有数,做到半路上少抛锚和不抛锚,也才能保证车辆在正常工作状态下行驶。

(二)驾驶与节油

汽车驾驶操纵技术与燃油消耗的关系是很密切的,能开车不一定能省油。开车并不难,省油却不是一件容易的事。因为现代汽车在设计和制造中大部分结构与控制方式已基本确定,到客户手中时这些东西基本是无法改变的,所以,要想做到省油,就要提高自身的驾驶技术,改进操作方法,使自己的操作方法适应现代汽车的技术性能,做到充分发挥汽车的技术性能,才能做到省油。

1. 平稳起步

驾驶汽车时应该怎样起步才能省油呢? 起步要强调一个稳

字。现代轿车所用的汽油发动机都是电子控制汽油喷射发动机，一般的三缸发动机的怠速转速在 900～1100r/min，四缸以上发动机的怠速转速一般在(800±50)r/min，有些进口车发动机的怠速转速在(600±50)r/min。根据笔者的实践与体会，在良好的天气和路面状况下如果离合器控制得当，不用加油门汽车也能起步，当汽车起步以后再缓慢加油，使汽车速度缓缓提高再换挡提速。如果感觉这样起步费劲可以在起步的过程中稍给点油使发动机转速略有提高，但最高也不要超过 1500r/min。为什么要用这种方式起步呢？我们在前面介绍发动机的控制策略时曾经讲过发动机的过渡工况和加速工况的控制，使我们知道油门给大了，异步喷射产生了，油耗必然增大，发动机转速越高，异步喷射量也越大，耗油量也越高。再看发动机功率与汽车附着力之间的关系，一般在起步时是挂 1 挡，在 1 挡时，发动机输出扭矩经过变速箱的放大就会远远大于汽车起步时所需要的扭矩，这样，如果给的油门过大首先造成了动力的浪费，其次当发动机转速足够高，输出的扭矩和功率足够大时还会出现车轮的转矩远远大于车轮与地面的附着力而使车轮打滑，造成对传动系统的冲击和轮胎的非正常磨损，并使油耗增加，其损失是显而易见的。所以在起步时要做到少加油、慢抬离合器，做到平稳起步。笔者把它称为慢起步。

2. 汽车的加速与油耗

汽车起步了，就有了加速的问题，用一个怎样的加速过程将汽车的速度提高到适应汽车行驶路况应该有的车速，从而能使汽车既省油又省力呢？那就要做到轻给油门，缓慢加速。如果没什么急事，尤其是在城市跑车，尽量不用急加速。为什么要轻给油门缓加速才能省油呢？我们先看发动机控制本身是怎样的。现代发动机由于都采用了电子汽油控制喷射方式，其控制方式有了根本的变化。过去我们用脚踩的是机械连接的化油器的节气门和与节气门相连的加速泵。当我们踩下油门时,由于节气门的开度变化,进气管的真空度会有所降低,但在发动机转速没有起来以前,主供油系统不会马上多供油而使混合气浓度有改变,只有加速泵下供的油,使混合气浓度有瞬间改变,使发动机转速提高。而现代汽车的控制系统却完全改变了这种控制方式。现代汽车脚踩的是节气门,而控制供油的电脑是根据节气门位置信号、节气门打开后反应进气管压力变化的进气压力传感器信号来控制供油量的。油门踩得越大,节气门打开得越多,进气管内的压力变化就越大,电脑接到的节气门位置信号与进气压力信号值就越高,电脑就会进入异步喷射程序,供油量就越大。而这种关系不是像化油器的加速泵一样,程式结束后供油也就停止了,而是要持续一段时间,直到电脑根据计算认为进气量与供油量的混合比达到 14.7∶1,发动机转速、输出功率与进气量相平衡,这个过程才停止。这就使得额外供油量相比化油器车来讲要大很多,时间也长很多,这是费油的一个原因。我们再从加速度的大小对发动机功率的要求及耗油量的关系来分折,为什么汽车的加速度越大,耗油量就会越大。我们由汽车功率平衡方程 $P_e = 1/\eta (G_f u_a/3600 + G_i u_a/3600 + C_D A u_a^3/76140 + \delta m u_a 3600 \times du/dt)$,其中 $G_f u_a/3600$ 是滚动阻力功率,$G_i u_a/3600$ 是坡度阻力功率,$C_D A u_a^3/76140$ 是空气阻力功率,$\delta m u_a/3600 \times du/dt$ 是加速阻力功率,$1/\eta$ 是传动效率。汽车刚起步、在平路无风的状态下进行加速运行时,可以把坡度阻力 $G_i u_a/3600$、空气阻力 $C_D A u_a^3/76140$ 相对看做零,那么只有滚动阻力和加速阻力了。我们知道滚动阻力和路面有关,而加速阻力和汽车自重、各旋转部件的转动惯量有关。一般轿车的加速度比较大,我们以 3.5m/s^2 的加速度为例来看看当汽车起步后至汽车速度达到 10km/h 时它所消耗的功率,由 $\delta m u_a/3600 \times du/dt$ 我们取 $\delta = 1.4$,$M = 1500 \text{kg}$,那么在这里消耗的功率有多大呢? 大约为18kW,在这一加速过程中所消耗的燃油折合成每百公里的油耗是多少呢？大约为 30L/100km。在同样条件下，把加速度从 3.5m/s² 降低到 1.5m/s² 时耗油量又会有什么变化呢？耗油量大约是 14L/100km。由此我们可看到，要想使汽车省油，就必须放平心态，缓慢加速。笔者将清华大学做的几种车型的加速燃油消耗量与等速燃油消耗量列表于下（表 1-1），大家从表上对比一下看看其悬殊程度是多么惊人。尤其是经常在市区行驶的汽车，起步加速特别多，如果不改变操作方法，就等于向外扔钱。大家由此也可以得出一个结论：就是说，当我们拥有了汽车以后，阅读有关汽车方面的书籍，学习汽车方面的理论，具有一定的汽车理论知识并将汽车理论知识与自己驾驶操作相结合使自己的操作更规范、更合理多么重要！以上笔者对汽车加速度与油耗的计算只是粗略的计算，因为条件所限。精确的数据需要很多的设备进行试验才能得到，但这些足以供大家进行对比了。

表 1-1　几种车型的加速燃油消耗量与等速燃油消耗量的对比

车型	等速燃油消耗量/[L×(100km)⁻¹]（90km/h 匀速）	等速燃油消耗量/[L×(100km/h)⁻¹]（120km/h 匀速）	加速燃油消耗量[L×(100km/h)⁻¹]极限加速(0~100km/h)	加速燃油消耗量/[L×(100km)⁻¹]平稳加速(0~100km/h)
奥迪A4—1.8T	6.79	9.32	62.8(184m)	18(547m)
奥迪A4—3.0	7.76	9.83	80.0(172m)	21.6(540m)
EQ1061T2	10.75(v=70.2km/h)	12.82(v=79.8km/h)	24.8(从 55km/h 加到 70km/h，用时 11.37s)	20.1(从 35km/h 加到 70km/h，用时 37.08s)

由表 1-1 所列数据也可以看到,加速距离与时间相差无几但耗油量相差之悬殊,异常惊人。

笔者在维修过程中遇到的此类问题也不少,其中有一个车主驾驶一辆吉利自由舰汽车,用的是 MR479Q 发动机。据车主反映,他在不太拥挤的中等城市行驶时,耗油量达 10L/100km,当时他疑问很大,说买车时,经销商说,这种车的油耗量为每百公里 5L,为什么我的车耗油量会如此高,经过对汽车电控系统和车辆技术状态进行检查,都很正常,问题不应该出在车辆本身。笔者让他在国道上跑一趟,再计算一下燃油消耗量看看,经高速公路行驶 300km 后,车主反映,在高速上行驶耗油量还是比较满意的。为什么会出现如此大的差距呢? 根据以上我们的分析,不难看出问题就出在了驾驶上,因为在市区行车时,路况复杂,红绿灯多,停车、起步、加速、减速多。自己对现代汽车理论不了解,不能使自己的操作方式与汽车的性能相匹配,所以造成了耗油量超过标定油耗 100%的问题。经笔者给他讲了现代汽车的特点、性能与驾驶方法后问题得到解决。

3. 行车与节油

起步、加速以后汽车开始进入正常行驶阶段,汽车在正常行驶期间怎样才能省油呢? 现在有很多说法,比如,匀速行驶、控制在经济车速范围、减少车辆不应有的载重、利用滑行等不一而足。那么在正常行驶中怎样做才能省油呢?

不同厂家品牌、不同档次的汽车其设计经济车速是不同的,比如捷达、桑塔纳等中档轿车的经济车速在 90km/h 左右,高档轿车的经济车速在 100～120km/h,家用北斗星、夏利、吉利系列轿车一般经济车速在 60～70km/h。在行车中掌握好经济车速很重要,因为汽车制造厂给出的行车速度是该车在整个车速范围内,耗油量最低、最经济的行车速度。那么是不是说就不能以其他速度行驶了呢？以其他速度行驶为什么会费油？原因是什么，等速行驶的油耗应该怎么确定，等速行驶是不是能把耗油量控制在厂家标定的油耗范围。下面我们进行一一分析。

（1）汽车总质量与百公里油耗

我们还得从汽车功率平衡方程说起。从上面所述汽车加速度与油耗的关系我们知道，在等速行驶时，坡度阻力在现在的国道、高速公路等平原地段是很小的，匀速行驶时加速度为零，那么就只剩汽车的滚动阻力和空气阻力了。假如我们行驶在无风或风速不大的条件下，汽车所消耗的功率就是滚动阻力与风阻的和。一般来讲，汽车的滚动阻力系数 f 在一定的路面条件下基本上是一定的，如表1-2；那么汽车在行驶过程中，滚动阻力的大小就只和汽车的总质量及行驶速度有关了。

表1-2　滚动阻力系数 f 的数值

路面类型		滚动阻力系数	路面类型	滚动阻力系数
良好的沥青或混凝土路面		$0.010\sim0.018$	泥泞土路（雨季或解冻期）	$0.100\sim0.250$
一般的沥青或混凝土路面		$0.018\sim0.020$	干沙	$0.100\sim0.300$
碎石路面		$0.020\sim0.025$	湿沙	$0.060\sim0.150$
良好的卵石路面		$0.025\sim0.030$	结冰路面	$0.015\sim0.030$
坑洼的卵石路面		$0.035\sim0.050$	压紧雪道	$0.030\sim0.050$
压紧的土路	干燥的	$0.025\sim0.035$		
	雨后的	$0.050\sim0.150$		

我们通过以下的计算进行一下对比，看看速度、总质量的变化与消耗功率之间的关系。在计算中取滚动阻力系数为 $f=0.019$，先看看总质量不变，不同等速匀速行驶的结果。我们把总质量定

为 $G = 1200\text{kg}$，那么由 $P_f = G_f u_a / 3600$　$G = Mg$　$U_a = 50\text{km/h}$，70km/h，90km/h 得：当 $U_a = 50\text{km/h}$ 时，$P_f = 3.1\text{kW}$；$U_a = 70\text{km/h}$ 时，$P_f = 4.343\text{kW}$；$U_a = 90\text{km/h}$ 时，$P_f = 5.6\text{kW}$。通过以上计算我们可以看到，滚动阻力功率随速度的提高而增加，随着消耗功率的增大燃油消耗量也必然随着增大。

我们看在定速（70km/h）行驶时，随着汽车总质量的改变，滚动阻力改变的情况。我们选质量为 1200kg 按 10% 递增计算，当质量为 1200kg，1320kg，1440kg，1560kg 时消耗功率的变化。当 $M_1 = 1200\text{kg}$ 时，$P_m = 4.34\text{kW}$；$M_2 = 1320\text{kg}$ 时，$P_m = 4.6\text{kW}$；$M_3 = 1440\text{kg}$ 时，$P_m = 4.82\text{kW}$；$M_4 = 1560\text{kg}$ 时，$P_m = 5.7\text{kW}$。

由此可以看到，随着汽车总质量的增加，其滚动阻力功率也在以很快的速度增长。滚动阻力功率随着速度和总质量的增加，势必造成油耗的增加，而且（在路面种类一定的情况下）滚动阻力系数随着行驶速度、轮胎构造、材料、气压的变化而变化。一般情况下轿车轮胎在车速 100km/h 以下时，滚动阻力系数随着车速的增加逐渐增加，但变化不大，在某一车速以后，会有较快增长。当车速达到某一临界速度时，滚动阻力系数迅速增长，轮胎发生驻波现象，轮胎周圆不再呈圆形而呈明显的波浪状。为什么笔者在前面讲要每天检查轮胎气压呢？因为随着轮胎气压的降低，滚动阻力明显上升。它和增加汽车总质量所产生的效果是一样的，当轮胎气压降低得比较多时，甚至还要大于增加汽车总质量所产生的效果。有关研究机构经过试验得知轮胎气压降低时，轮胎滚动时变形大，迟滞损失增加，滚动阻力系数迅速增加。在日常生活中大部分人都有过骑自行车的经历。在骑自行车时，我们不难感觉出轮胎气压的改变，使骑车人产生用力的改变。汽车的道理也是一样。这样大家就不难理解了。根据美国有关部门的试验数据，若一辆汽车的总质量减少 10% 可节油 $3\% \sim 4\%$。所以，自 20 世纪 50 年代中期以来，为了节约能源与环保，小型、微型轿车普遍受到各国关注。由以上的分析和有关试验数据我们就不难理解减轻汽车载重放下多余物品的意义所在了。

(2)速度与油耗

我们再看平衡方程的另一项 $P_w = C_D A U_a^3 / 76140$ 与耗油量的关系:

一般讲空气阻力系数 C_D 汽车迎风面积 A 在汽车设计和制造中已基本确定,客户一般情况下是无法改变的。尤其是作为轿车改变起来就更困难,所以,作为轿车,空气阻力功率的大小就由车速和风相对于汽车速度的和来决定;现在我们通过计算来看一下车速对于空气阻力功率的贡献是怎样的。

我们选车速 $u_1 = 60 \text{km/h}$ $u_2 = 80 \text{km/h}$ $u_3 = 100 \text{km/h}$ $u_4 = 120 \text{km/h}$ $C_D = 0.36$ $A = 1.9 \text{m}^2$ 时空气阻力功率的变化;

经过计算当在 u_1 时 $P_W = 1.94 \text{kW}$ $u_2 = 80 \text{km/h}$ 时 $P_W = 4.6 \text{kW}$ $u_3 = 100 \text{km/h}$ 时 $P_W = 8.997 \text{kW}$ $u_4 = 120 \text{km/h}$ 时 $P_W = 17 \text{kW}$。

以上结果只是在无风状态下单纯的车速对空气阻力功率的贡献,如果有风时它的贡献可以想象是什么样的。

通过以上计算我们可以看到,随着速度的增加,空气阻力功率成倍增长,当车速增加 1 倍时,其阻力功率将近增加了 10 倍。随着阻力功率的增加,要求发动机发出的功率也要增加,耗油量必然随着发动机输出功率的增加而增加。

我们只是计算汽车的总质量、车速的变化所需要的静功率,还不包括发动机、变速箱、传动系统、发动机附属设备随着发动机转速的提高而增加的功率损失。由于汽车的高速行驶,发动机的转速也会很高,发动机自身的热效率和在高速运转区内摩擦损失也会加大。这本身也造成了耗油量的增加。我们由以上分析不难看出,在我们没有急事时就一定要放平心态,在行驶中做到礼让三分,经济速度行驶,这对节油的贡献会很大。

　　（3）匀速行驶时的节油问题

　　有的车主可能会说，我一直保持在经济速度行驶，可车的耗油量还是比标定的百公里油耗高得多，这又是为什么呢？我们从功率平衡方程和现在的发动机控制方式分析：

　　我们以北斗星汽车为例：北斗星汽车在经济速度下匀速行驶时的油耗为 4.5L/100km，我们为什么跑不下来呢？除了外界运行条件与试验条件不相符以外。由功率平衡方程 $P_e = 1/\eta [P_f + P_i + P_w + P_j]$。当我们的汽车在经济速度匀速行驶时，所需克服的阻力功率是与发动机输出功率相等的吗？如果没有相当的驾驶经验和汽车理论知识，要想做到控制的油门使发动机的输出功率刚好等于汽车行驶阻力功率，那是很困难的，这也是在经济速度匀速行驶时耗油量已然高于标定百公里油耗的根本原因所在。根据笔者在实践中对驾驶员的观察，大部分驾驶员对油门的控制，很难做到使发动机的输出功率刚好等于行驶阻力功率，一般都是大于行驶阻力功率的。有的人可能会问了，既然我的油门给大了，也没感觉到汽车的行驶速度有些微小改变呀？这又要从现代内燃机的控制方式说起了。在一定转速下现代发动机的输出功率的大小，靠什么实现？第一是汽车控制用的 ECU 根据空气流量和氧传感器反馈信号执行闭环控制而确定的喷油量来实现的。第二是根据节气门位置传感器和转速传感器反馈的信号而确定喷油量控制的。当我们的汽车在经济速度下匀速行驶时，发动机的转速一般不会很高，在 1500r/min 左右，而这个转速距离发动机的最大扭矩转速差距比较大（其最大扭矩转速为 112N·m/4000r/min）。所以就会有一种现象出现，当供油量比输出功率所需供油量略有上升时，由于发动机处于低扭矩转速区，其扭矩的变化很小很小，小到可以忽略不计，所以就不会使车速有让驾驶员感觉得到的变化。如果你对汽车足够了解，这时的发动机声音会有一个特别轻微的变化，有一个俗称的轻微的敲缸声出现（其实并不是敲缸，而是由于混合气稍浓于理论混合气,使初期燃烧速度改变造成的)。根据发动机的控制方式,此时踩住油门不动,由于节气门位置是一定的,进入发动机的空气量也是一定的,那么供油量也应该是一定的。那多余的供油量是怎么来的呢?是根据节气门位置传感器来的。由前面说的供油量确定所根据的信号,有四个:进气流量信号,氧传感器信号,发动机转速信号,节气门位置信号。当我们在经济速度匀速行驶时,进气流量、转速,在汽车行驶阻力没有多大变化时基本是稳定的。当节气门的开度略大于输出功率所需的开度时,就会有额外的燃油供给发动机(此时只有氧传感器的信号是变化的)。由于发动机此时在低扭矩转速区工作,又不会使人感觉到汽车行驶状态有什么变化,就造成了耗油量超标的问题。由以上分析我们想一想,不管在什么车速下行驶是不是都会存在一个功率平衡的问题? 也就是说我们将发动机的输出功率控制在刚好克服在不同路况、不同转速下形成的阻力功率,才是最经济的。我们怎样才能做到这一点呢? 笔者告诉大家一个办法,大家不妨回去试一试。当我们在公路上行驶时,根据路面情况确定了车速(比如 70km/h),在汽车达到这个车速以后,你将油门慢慢一点一点往起抬,抬到什么程度呢? 抬到汽车能稳定地保持 70km/h 速度不下降为原则。根据笔者的经验,这时发动机的输出功率刚刚够克服行驶阻力,是最经济的状态。简单地说,这种操作方式叫做飘油门。如果我们对油门的控制能达到特别精确的程度,不管我们是不是非要把车速控制在经济速度下,只要匀速行驶,都会有明显的节油效果。当然我们在前面讲了,随着车速的增高,耗油量比经济车速下行驶还是要大的。这也许就是有的书上讲要想省油就要增大发动机的负荷的原因。

(4)关于滑行与节油的问题

滑行是否能节油,尤其是对电子控制汽油喷射发动机,应该怎样滑行,滑行方式与路况的关系,下面我们通过不同的方式进行分析,供大家参考。

在行驶过程中,滑行是一种节油的方法,在何时,利用什么方式滑行,才能做到最好的节油效果,我们将从以下几方面进行分析:

①高速公路上滑行的应用;②国道、省道上滑行的应用;③城市路况下滑行的应用;④坡道滑行的应用。

a. 高速公路上滑行的应用。我们先看在高速公路上行驶时滑行的问题。在高速公路上行驶时,因路况良好,情况单一,突然情况很少出现,一般能保持匀速行驶,如果考虑节油,可适当利用滑行。滑行时机的掌握可根据自己的行驶速度、前车行驶速度和路面车流量决定。当车流量不大,前车速度不太慢时可滑行。滑行起始速度可自行确定,结束滑行时的速度一般不要低于所驾驶汽车的经济速度的下限。在经过收费站前可滑行,利用滑行使汽车减速,既节省了燃油,又减轻了机件的损耗。现在绝大部分是电子控制汽油喷射发动机,在滑行中怎样利用我们前面介绍的断油功能呢? 要看滑行时的起始速度、发动机转速及要滑行的距离。在不用空调时,起始车速较高,发动机转速在 2000r/min 以上,前方要停车且停车距离比较短时可利用倒拖断油的功能。当汽车因减速而使发动机转速降到 1500r/min 时,将挡摘掉致停车。我们前面介绍发动机控制策略时讲过,发动机恢复供油的转速在 1500r/min 左右。在发动机转速降到 1500r/min 以后,供油开始,如果不将挡摘掉,此时不但不节油,反而由于发动机的倒拖,使自身动能无谓的消耗,使汽车的滑行距离缩短,也就失去了节油的意义。如果要长距离滑行,最好从一开始就将挡摘掉,这样虽然不能利用倒拖断油功能,但由于汽车自身动能的充分利用,滑行速度降低得较慢,滑行距离较长,已然可以弥补断油期间的油耗。笔者有一个从事汽车驾驶 50 多年的朋友,曾经做过相关试验,其结果是,长距离滑行时摘挡不摘挡其耗油量是一样的。

　　b. 在国道上行驶时滑行的应用。在国道上行驶时情况要复杂一些,如果对情况的判断得当,滑行措施采取的适时,根据笔者和一些老前辈、朋友们的经验。其整个行驶区间的滑行距离和节油效果也是相当可观的。

　　i. 加速滑行:加速滑行是汽车在平坦、坚实、路面宽直、视线良好、行人和车辆较少的道路上,用最高挡行驶,加速到超过经济车速的 20%～30% 时,迅速将变速杆移入空挡,汽车依靠自有惯性向前滑行行驶,当车速降低到经济车速的下限时,再迅速挂入高挡加速行驶,如此反复可达到一定的节油目的。但轿车一般不提倡用加速滑行的办法。就是货车,如果对路况预判不当,驾驶技术不熟练,其节油效果也不是特别理想。

　　ii. 减速滑行:减速滑行是指汽车在行驶过程中,发现前方有障碍、险情、转弯、过桥、会车、通过交叉路口,或有目的停车之前,需要减速时,采用以滑代刹的滑行方法。减速滑行充分利用汽车的惯性,减少因制动造成的不必要的动力消耗。不但可以节油,还可以增加安全系数,减少机件磨损和冲击。在这种滑行中可根据具体情况和汽车行驶速度合理利用倒拖断油功能。

　　c. 下坡滑行。下坡滑行是利用汽车到达坡顶后的前进惯性力和下坡时汽车的重力分力相结合而滑行的方法。

　　采用上述滑行方法时,能不能利用倒拖断油功能呢? 减速滑行时,若是有停车的目的,且滑行起始速度较高,滑行开始时,第一为了使滑行减速度较大;第二为了利用减速断油功能节油,滑行开始时可利用倒拖断油的方法,当车速降低后,发动机转速降到 1500r/min 以下时,就要脱挡。下坡滑行时要看具体情况,一般为了安全起见,下长陡坡时最好不要脱挡,因为脱挡以后势必造成制动器的利用率增加,因制动器使用次数增加,引起制动器温度升高甚至过热,从而使制动器的制动效能降低出现不安全因素,对于目前轿车上采用最多的液压制动系统还要防止因过热造成的制动液升温导致汽化而使制动失灵。对于货车和轿车而言,滑行时可脱挡,但发动机不能熄灭。货车用的压缩空气制动因发动机熄火,空气压缩机不工作容易造成制动气压过低,使动失灵,液压制动大部分都有真空助力,一旦发动机停转会造成真空度降低,使制动失灵。

(5)挡位运用与节油

①汽车挡位的介绍

汽车在行驶中,驾驶者要准确掌握换挡时机。加挡或减挡时,时机掌握不好,油门控制不当,都会造成传动装置抖动。低挡使用时间过长,使燃油经济性变坏。换挡操作是衡量一个驾驶员技术水平的一项重要标志。操作的好坏,对油耗、变速器故障率的高低,变速器的寿命都有很大影响。现代汽车,无论大车还是小车,为了节约燃料,使汽车的动力性和经济性更好。一般都设有 4～7 个挡,1、2 挡为低速挡,3、4 挡为中速挡,5 挡以上为高速挡。

a. 低速挡:低速挡的特点是速比大,行驶速度慢,使驱动轮能获得较大的转矩,增大牵引力。所以它在起步、陡坡,通过困难路面等行驶阻力较大、交通情况复杂、不允许行驶速度较高情况下采用,但低速挡的车速较慢,发动机转速较高,发动机温度容易升高,燃油消耗增大。因此,只要在条件允许的情况下,尽量少用低速挡行驶。

b. 中速挡:中速挡是由低到高或由高到低的过渡挡位。通常在弯路、泥泞路、窄路会车、过窄桥和通过一般困难路面时使用,但也不能长时间使用。

c. 高速挡:一般货车的 5 挡与 6 挡,轿车的 4 挡、5 挡为高速挡,高速挡一般是超速挡。高速挡的输出转速比输入转速高,速比小,传递到驱动轮上的扭矩较小,车速高,发动机转速相对较低,因而燃油消耗率低,发动机磨损小,燃油的热效率较高,是在良好路面上正常长距离行驶的常用挡。

根据以上对各挡位功能的了解,我们在驾驶中,应尽量在条件许可的前提下,从低速挡快速换入高速挡,尽量多用高速挡行驶,高速挡用得越多,节油越明显。

②换挡时机与节油

起步后,随着车速的提高,要及时按顺序换入高速挡,不失去合适的换挡时机,以使车辆的行驶速度和发动机的转速经常处于合理状态,做到不抢挡,不拖挡。

换挡时机的掌握,对于货车而言,当徐徐踩下加速踏板,发动机动力增大,车速相应加快。感觉发动机声音、转速的变化和车辆动力的大小,当有动力过剩的感觉时应及时换入高一级挡位。若换入高一级挡位后,踩下加速踏板时,出现发动机转速下降,感到动力不足,车速提不起来,传动装置颤动,说明加挡时机过早;若车速已经提高,但未及时换入高一级挡位,即为加挡时机过迟。加挡时机的掌握需在实践中去摸索和体会。

对于轿车而言,由于现代轿车发动机大部分是高转速、大功率、低扭矩,所以其操作方法,要根据不同的使用情况而定。

汽车的行驶无非是两种情况:一是在路况良好的高速公路、国道上行驶。二是在山区公路、复杂路况、城市道路上行驶。在不同路况下行驶,其操作方法也各异,我们先看在良好的高速公路、国道上行驶。

a. 在高速公路、国道公路上行驶时,由于路况良好,基本上可以保持匀速行驶,其耗油量除了与行驶速度、风速、路面状况、车辆技术状况有关外,其他状态下的油耗量所占比重较低。因为在正常行驶其间,加减速较少。也就是说,汽车在整个行驶过程中,消耗在起步、加、减速上的燃油量是较少的。再由于现代轿车发动机基本上都是短行程发动机,其程径比在 0.7～1 范围内,一般在 0.8 左右,由于活塞行程的缩小,使发动机的最大扭矩减小,最大扭矩转速提高,加速性能变差,所以在良好的路况下行驶、起步和加速时,发动机转速控制在 2000r/min 以下,也就是说,在挂 1 挡起步时,起步以后慢慢加油,不要猛踩油门,当发动机转速升到 1500～2000r/min 时,换 2 挡,以同样的操作手法快速及时地换入最高挡位,比较适宜。根据笔者的行车经验与试验,其耗油量不会有太大差别。如果在行驶中速度控制得当,油门能根据前面所讲的方法控制,百公里油耗一般应控制在标定百公里油耗范围,差距不会超过百公里油耗的 10%。

b. 在城市道路等其他复杂路况下行驶时,就要根据情况改变操作手法,因为根据笔者的行驶经验与试验,在复杂路况下耗油量的增加,主要是操作本身造成的。在复杂路况下行驶时,由于道路情况复杂,行人、自行车与机动车交织在一起。平交道口出入车辆与行人时常让你不得不减速停车,红、绿灯路口,人行横道等都要减速甚至停车,伴着每一次减速停车都有一次起步加速的过程。所以,要想在复杂路况下省油,就要使自己的操作方法能根据具体情况、车辆性能、加速控制的原理相适应。那么应该怎样具体操作呢?我在前面讲电子控制汽油喷射发动机的燃油控制策略时曾经讲过,燃油供油量的大小在踩下加速踏板时,是根据进气管压力下降的程度、节气门的开度来决定的。就是说,当你加速时,油门踩得越大,进气管真空度下降得越多,节气门的开度越大,供油量就越大。而且,供油量(异步喷射)只有在进气管压力与空气流量计反映给 ECU 的值相对一致、发动机转速稳定时,才根据发动机转速、空气流量、闭环控制状态等进行控制。所以耗油量会有特别明显的上升。其增长量大的能达到标定百公里油耗的 100% 还多。根据笔者的经验,应该用以下操作方法:汽车起步时挂上 1 挡轻踩油门,让发动机转速慢慢上升,上升到 1200r/min 时迅速换入高一级挡位。用这种方法逐级快速地将挡位升到最高挡。升到最高挡后,将发动机转速控制在 1500r/min 上下,如果路况条件允许,在保持该转速的车速下轻轻抬起点油门,以汽车不减速为原则。根据笔者试验,在操作手法控制得当的情况下,百公里油耗一般不会超过标定百公里耗油量的 20%。在试验时虽没有精确的测量设备,但可用以下方法:将油箱加满,加油口能看见油并划印做记录,行驶 50km 后,驶回同一加油站,在同一加油机上再加到同一位置,百公里油耗比标定油耗高 15%,最高时没有超过标定油耗的 16%。行驶时也没被同方向、同路况行驶的车丢掉。由此不难看出耗油量与操作手法的关系了。在按以上说的操作手法操作时,如操作技术不够熟练,在换入高一级挡位后加油时,有时会出现车辆窜动现象,也就是我们说的拖挡现象。笔者认为,这不是拖挡,而是由于油门控制不当引起的。由于现代发动机低转速区输出扭矩较小,油门控制不当时,容易出现发动机输出扭矩和汽车自身所受阻力不相匹配的现象,在加速度出现的同时,在某一瞬间,其输出扭矩会小于加速阻力,所以出现窜动现象。解决的办法有两种,一种是减小一点节气门开度,使加速度减小;一种是适当增大节气门开度,使加速度略有上升。这要在实践中去不断摸索,直到找到在该路况下与之相适应的节气门开度和平稳加速度。

c. 山区公路行驶时挡位的应用。在山区公路行驶时,对于现代汽车来说,首先让驾驶者感到的是汽车无力,这并不是指某些车型,比如:柴油发动机的货车、汽油发动机的货车、轿车等,而是所有汽车都存在的现象。为什么会出现这种现象呢?因为现代汽车发动机设计的问题,在前面我们也讲过这个问题。现代汽车发动机在设计时为了使发动机的热效率提高,均采用了强化设计,其强化的手段:一是提高发动机的压缩比,以使发动机的平均有效压力提高,但是根据试验,当压缩比 $\varepsilon > 10$ 以后效果就不大了。当压缩比 ε 高于 10 以后就要使用为了防止爆燃要求的高辛烷值汽油,而高辛烷值汽油的生产成本很高,因此也就失去了意义,如果不提高辛烷值,必将引起爆燃、表面点火等使燃烧变坏的现象发生,继而造成发动机工作粗暴,运动件负荷加大,对燃烧室和曲柄连杆机构的加工精度及材料要求提高,点火系的工作条件变苛刻,机械效率下降等缺陷。我们在 80 年代也曾做过试验,当压缩比提高到一定程度以后,其热效率不但不能提高,反而还下降。所以,现代发动机的压缩比一般控制在 11 以内,大部分在 9 左右。第二个强化的手段根据发动机功率、扭矩、转速之间的关系即 $P_e = T_e \times n/9550$ 来看。最明显的也是最有效的方法就是提高发动机转速。发动机提高转速以后,活塞平均速度 C_m 也会提高,活塞平均速度对于内燃机的性能、工作可靠性和使用寿命有很大影响。一般来说,活塞平均速度 C_m 增大,发动机热效率提高,但同时使活塞组的热负荷和曲柄连杆机构的惯性负荷增加,磨损加剧,寿命缩短。同时,由于进、排气气流速度增大,进、排气阻力与气流动速度平方成反比例地增加,使充气系数下降。所以随着活塞速度的提高,就必须增加进气通道的面积,提高加工精度,以减少进气阻力。增大进气通道截面,从缸盖上说就得增加气门数,从燃烧室结构上讲这已经很困难。从材料上说,对材料的要求将提高很多。从加工精度上讲,就要采用较高的表面加工和处理工艺。这势必使制造成本和难度增加。为了不使发动机转速增加时活塞平均速度过大增长,兼顾其他方面,降低制造成本和难度,在结构上出现了不断降低程径比,也就是活塞行程和直径比 S/D 的问题。但随着程径比 S/D 的缩小,新的问题又出来了,就是说,随着活塞行程的缩短,虽然机械效率、充气效率得到保证,但发动机的输出扭矩缩小了,最大扭矩转速随之提高。现代发动机的最大扭矩转速:汽油发动机在 $4000 \sim 5000 r/min$ 范围,柴油发动机的最大扭矩转速在 $2000 \sim 3000 r/min$ 范围。因此,在使用中就会给我们带来很多不适应。首先我们在正常使用中,发动机的工作转速很难达到最大扭矩转速,比如,根据 $U_a = 0.377 \times rn/i_g i_0$,假若一辆轿车的车轮半径 $r = 0.25m$,变速器所用的最高挡的传动比为 $i_g = 0.73$,主减速器传动比 $i_0 = 4.308$,发动机最大扭矩转速 $n = 4000 r/min$,当发动机的转速大于最大扭矩转速时,车速大于 120km/h,大家可以想想,我们的车能这样开吗? 答案是肯定的,不能。过去发动机的最大扭矩转速比较低,如过去解放用的 CA10B 发动机,东风 140 用的 EQ6100 发动机,其最大扭矩转速是 1200r/min。这样,对于现代发动机,正常使用时的转速大都在最大扭矩转速以下。而过去的发动机正常使用时的转速都在最大扭矩转速以上。所以,过去的汽车在行驶中遇到阻力而使发动机转速下降时,发动机输出扭矩随着转速的下降而增大,就不用频繁换挡来改变汽车的驱动力,也就是人们常说的,汽车有股闷劲。而现代发动机在正常行驶中几乎都在最大扭矩转速以下工作,当汽车行驶中遇到阻力使发动机转速下降时,输出扭矩随着转速的下降而降低。所以给人的感觉,现代汽车没劲。我们要想在使用时做到得心应手,就必须根据发动机的这种特点,改变我们的操作手法。只有改变操作手法,才能更好地利用汽车的性能,才能使我们感觉驾驶舒服。具体到操作上我们应该怎样做呢? 根据以上我们分析的特点,在山区坡道上行驶时,要根据道路情况,如坡度的大小、路况的复杂与否来确定车速,车速确定以后,再看是否能用最高挡行驶,如果能用最高挡行驶,要注意发动机的转速,听发动机的声音,以此来大致判断发动机的输出功率在这种行驶状态下是否能克服阻力功率。一旦阻力功率大于发动机输出功率,首先最明显的就是发动机转速下降。可利用踩下加速踏板,增大供油量使发动机转速、功率、扭矩不改变的方法。当发动机转速下降,利用加大油门保持发动机输出功率、扭矩不能实现时,要及时降挡,以保证发动机在最大扭矩转速区工作。如果降挡过晚,发动机转速下降过多,降一个挡就很难使发动机恢复到最大扭矩转速区,不得不采取连续换挡。有时因为措施不利甚至会造成坡道起步,车辆后溜的严重后果,同时使燃油消耗增加。通过以上分析,对挡位的应用可归纳如下:

第一,在良好的路况下,控制油门及时加挡,尽量使用高速挡;

第二,复杂路况合理选挡与油门控制,做到挡位合适,不用大油门高转速;

第三,不用低、中速挡大油门行车,做到发动机输出功率与扭矩的充分利用;

第四,换挡时机把握好,做到不抢挡,不拖挡;

第五,山区行驶,注意发动机输出功率、声音与转速,做到及时换挡不硬撑。

(三)汽油发动机的燃烧、发动机的技术状态和油耗的关系

汽油机的燃烧过程:汽油发动机的燃烧好坏与发动机的技术性能、燃料的质量及百公里耗油量关系至关密切。下面我们就从发动机的燃烧过程谈起。

1. 汽油机的燃烧

为了分析的方便我们把汽油发动机的燃烧过程划分为三个阶段。

(1)着火延迟期

燃料与空气的混合气进入汽缸以后首先受到汽缸热表面的加热,随后的压缩过程又使混合气的温度和压力进一步提高,为燃料的氧化反应迅速进行做好充分的准备。但是由于汽油发动机的压缩比较低,汽油本身有较好的稳定性,所以这时混合气还不能产生自燃。只有在火花塞跳火以后,由于电火花的高能量,使火花塞电极间隙处的混合气温度急剧升高,极大地加快了反应的进行,经过一段时间以后,形成了明显的火焰中心,因此从电火花跳火开始到明显的火焰形成以前这段时间,称为着火延迟期。在这一时期内,剧烈反应的混合气只在火花塞电极的较小范围内进行。

从理想的等容加热燃烧可知,对工质的加热应该在上止点处进行,在活塞越过上止点后压力达到最大。而在实际循环中,考虑

到可燃混合气本身有着火延迟期。为了使缸内压力在上止点附近达到最大值,必须使点火提早到上止点以前进行。而且随着转速的提高,点火提前角要随着增大。电火花在上止点前跳火的时间以曲轴旋转角度表示,称为点火提前角,用 θ 表示。

(2)火焰传播期

自混合气火焰核心形成开始,到气缸内出现最高压力点为止,这段时间称为火焰传播期。这一时期是燃烧过程的主要阶段。在此时期内,火焰向燃烧室内远离火花塞的各点传播。混合气的主要部分在此时期内燃烧完毕。燃料热能的绝大部分在此时期内放出。在此时期内气缸中的压力、温度都在迅速提高。这一时期是燃烧过程的主要阶段,它进行得好坏直接影响到发动机的功率和热效率。

(3)补燃期

超过最高压力点以后,燃烧仍在进行。这是由于有部分燃料的燃烧速度慢、燃烧不完全以及某些燃烧产物如 CO、HO 等,在燃烧阶段因高温作用分解产生 H、O 和 CO,在膨胀行程中因气缸内温度下降,它们又继续氧化成最后燃烧产物等原因造成的。这一时期称为补燃期。

补燃期是在活塞向下止点移动时进行的,这时已接近膨胀行程的中、后期,燃料的热能便不能得到充分的利用。所以为了提高发动机的热效率,希望补燃期内燃烧的燃料量尽可能减少。

上述划分三个燃烧期进行分析是为了定性地分析燃烧过程。实际的燃烧过程是非常复杂的。

2. 汽油机的不正常燃烧

(1)爆震燃烧

汽油机运转过程中有时会听到气缸内有金属敲击声,这就是爆震燃烧引起的。爆震燃烧会引起发动机功率下降、排气冒烟、破坏发动机的正常工作。

①产生的原因

汽油机燃烧的特点是燃烧室内有明显的火焰前锋在传播。燃烧产物的膨胀使火焰前锋快速向前推进,以致未燃混合气受到强烈的压缩和热辐射。它使距离火焰中心较远的混合气温度急剧升高,超过了燃料的自燃温度。而缸内温度、压力的提高,也使这部分混合气的着火延迟期极大地缩短。这样,就使这里在火焰前锋到达以前混合气自燃着火,在燃烧室内形成另一个火焰核心。这样的燃烧与正常的燃烧的情况完全不同。正常燃烧过程中,火焰传播速度为 20~30m/s,而产生爆震的地方,火焰传播速度可以达到 1000~2000m/s。伴随着很高的压力以超音速传播,形成了强烈的冲击波。这种冲击波撞击燃烧室壁就发出了金属敲击声。强烈时会引起发动机的震动。甚至将活塞局部击坏,而使发动机不得不进行修理。

产生爆震燃烧时的最高压力超出了正常燃烧时的最高压力。但是这种最高压力只是局部的,并且以压力波的形式出现。由于正常工作过程被破坏,所以造成发动机功率下降。

在爆震燃烧产生处局部温度很高,可达 4000℃ 以上。严重爆震燃烧时,燃烧产物将分解为 CO、H、O、NO 及游离碳。游离碳在汽缸中不能再燃烧而形成排气冒烟。CO、H、O 等在膨胀行程中重新燃烧而使发动机补燃增加,结果使排气温度增加形成热损失。

②造成的危害

a. 因爆震燃烧在气缸内形成的压力,使活塞、缸壁、汽缸等各零件承受过度载荷。长时间的爆震燃烧会造成这些零件的损坏。

b. 往复活塞式发动机燃烧气体的温度可达 2000~2500℃,而活塞顶部、燃烧室壁的温度为 200~300℃。能够维持这样低的温度,原因之一是在这些表面上形成一种气体附面层,它阻止向这些表面过多导热。在产生爆震燃烧时,由于震动,使这一附面层遭到破坏,于是导热增加,造成这些零件的温度过高。研究表明,在轻微爆震时,活塞表面温度提高35~60℃。严重时会使活塞头部烧损。同时由于气缸壁的温度升高,发动机过热,热损失增加。

c. 由于发动机过热,冷却水、润滑油的温度过高,加快了润滑油的氧化,使运动部件的润滑状态变坏。加快了活塞、活塞环,曲轴轴承、连杆轴承等部位的磨损。

根据研究部门的研究报告,用放射性同位素法测出的发动机的磨损量,在正常燃烧时磨耗率为3.6mg/h,而严重爆震时的磨耗率为98mg/h,即约为正常燃烧时的27倍。这就严重影响了发动机的使用寿命。

综上所述,爆震燃烧时,对于发动机的寿命及正常运转造成很大危害。

(2)表面点火

发动机工作时,燃烧室内一些炽热的表面,如排气门头部、火花塞电极、燃烧室内红热的积碳等,因为它们的温度能引燃可燃混合气,使燃烧产生,这种现象称为表面点火。在火花塞跳火以前,混合气因表面点火引起的燃烧,称为早燃。由表面点火引起的燃烧过程与正常燃烧的过程一样,首先靠近燃烧室内炽热点处的混合气开始燃烧形成火焰中心,然后向外扩散,实现逐渐爆炸燃烧。当汽油机产生表面点火以后,即使切断外点火源,仅依靠燃烧室内热表面的炽热点存在仍可以继续运转,这称为续走。在现代的发动机中由于燃油和点火在关掉点火开关时同时断掉,续走现象几乎看不到。但是,这并不能表明表面点火不存在。只是它存在于发动机工作中,而不是在关掉点火开关以后。

早燃不仅只因为表面点火,当我们用的汽油辛烷值达不到抗爆震要求时,在压缩过程中同样因为压力和温度的升高而引起早燃。

由于早燃在电火花跳火以前已经产生,所以燃烧过程大部分是在上止点以前进行的。压力升高率及最高压力都较正常的燃烧过程为高。由于表面点火等早燃会引起缸内压力过高,使未燃混合气受到过度的压缩,所以又会促使爆震燃烧产生。

发动机出现表面点火或因所用燃料辛烷值达不到抗爆震要求而产生早燃时,也会出现金属敲击声,但是比爆震燃烧时所发出的频率低,声音较为沉闷。发动机同时也会产生过热和功率下降的现象,存在严重的火花塞烧损、排气门烧坏等使发动机寿命缩短、故障率升高的问题。因此不允许发动机长时间在这种状态下工作。

爆震和不正常的燃烧的原因除机械结构、驾驶操作、气候条件、点火时间(现代发动机的电子控汽油喷射系统好多都采用无分电器点火系统,如果没有传感器和信号发生器出现故障,点火时间一般是不会存在什么问题的)等因素外,主要与汽油的化学组成有关。

我们通过上面的分析不难看出,当我们的汽车保养不当、燃料选用不合适时就会产生不正常燃烧现象,一旦不正常燃烧产生,势必使发动机的输出功率减小,百公里耗油量增加,同时引起发动机故障率的升高甚至引起发动机寿命的缩短,从而引起养车费用的上升和维修费用的增加。由此我们也可看到汽油的正确选用对发动机的影响,这些将在后面的汽车运行材料中向大家介绍。

(四)发动机的转速与油耗

我们知道汽车制造厂为了提高汽车的燃油经济性,使发动机在正常行驶中保持在经济转速范围已经做了大量的工作。那我们在正常行驶时应该怎样控制和选择发动机转速呢?

我们可从汽油机的正常燃烧看转速与耗油之间的关系:

汽油发动机的燃烧机理我们在前面介绍了,由发动机的燃烧我们知道,要想使发动机的动力性、经济性良好,就要尽最大努力,使发动机的燃烧控制在正常状态下,然而,在实际过程中有很多因素影响了燃烧过程的正常进行,比如转速,当转速升高时,由于空气流动阻力增大,使充气效率减小,燃烧时间缩短,燃料利用率降低,燃烧所占曲轴转角有可能加大,热效率降低。同时由于转速的增加,机械摩擦损失会有很大的增加。为了保证发动机在高转速区内的正常工作,抵抗因摩擦损失和热效率降低造成的不利影响,势必要增加燃油的供应,从而造成耗油量的增加。

那是不是转速低时就会好呢? 汽油发动机在低负荷或怠速时,由于进入气缸的可燃混合气量少,汽缸内的残余废气量相对增加,混合气相对地受到稀释,这样就容易产生断火现象。为此,供给较浓的混合气以保证发动机的稳定运转。相对而言,在中、低转速时由于混合气有充足的燃烧时间,热效率会比高速时好得多。

通过以上分析我们不难看出,在行驶中要尽量做到用较高挡位,较低发动机转速来行驶。这样对耗油量的减少是有特别明显的作用的。简单地说,就叫高挡低速能节油。

第二章　离合器、变速器的正确使用与油耗

一、离合器的正确使用与油耗

在现在的汽车驾驶员中,由于驾驶实践不足,拿到驾驶证以后又没有经过专门指导,在离合器的运用上存在着很多问题。由于离合器不能正确使用使离合器在使用中造成滑磨功过大,离合器使用寿命缩短、故障率上升、油耗增加。根据笔者在维修过程中对离合器故障的检查,由于离合器使用不当造成离合器从动盘表面硬化、离合器压盘工作面硬化、退火,使离合器损坏、功能退化、挂挡困难。有的连飞轮上的离合器工作面的光洁度和硬度都产生很大变化,在光洁度上使之镜面化、硬化,使之退火,分离杠杆因退火软化强度降低热车时分离困难,离合器起步时产生抖动而无法排除。不但给自己在油耗、维修上造成经济损失,并且使汽车的故障率增加,影响了正常使用。笔者在这里单独把离合器的正常使用写出来,希望大家能改变自己驾驶中的不良习惯,为减少故障率、降低油耗起到一定的作用。

1. 离合器的工作过程与滑磨功

我们从离合器的工作过程谈起,离合器是怎样工作的呢? 什么是离合器的滑磨功? 在操作时我们应该注意什么? 怎样趋利避害?

离合器主、从动盘元件在接合过程、相互压紧时会发生相对移动,导致发热和磨损的滑摩功产生,滑摩功对耗油量和离合器的工作质量、工作寿命会有很大影响。离合器的接合过程是指我们抬起离合器踏板,压盘对从动盘加上压紧力后,角速度不同的主动盘和从动盘由开时接触到达到同步角速度为止的整个过程,在这个过程中,从主动盘向从动盘施加压力到主、从动盘角速度完全一致,主、从动盘会产生相对滑动,这个过程所经历的时间称为打滑时间。

此后,主、从动盘作为一个整体,在发动机转矩的作用下共同增速,车辆的速度也继续提高,直到某一时刻发动机发出的转矩下降到与外阻转矩 M_n 相等时,车辆的加速度停止,起步过程结束。

由以上分析可知,离合器的接合过程中主、从动盘存在相对滑摩,有滑摩就有能量损耗,并以另一种形式即:使离合器的主、从动盘的热量升高、油耗增加、离合器工作部件因受热而出现某些性质改变、磨损和早期失效的形式表现出来。

接合过程中,瞬时滑摩功功率的大小反映了发热率的大小,而滑摩功 L_n 的大小反映了离合器接合一次的总发热量大小,滑摩功率随时间的延长而降低,发热量则随时间的延长而增加。也就是说随着接合时间的延长,发热率降低但总的发热量增加。

(1)最大滑摩功率 N_{nmax} 与接合刚开始时的相对滑摩角速度 $\omega_{e0}-\omega_{n0}$ 成正比,总滑摩功 L_n 与 $\omega_e-\omega_n$ 平方成反比。所以起步换挡时,发动机油门不宜太大。

(2)滑摩功与运动件和汽车总重之间的关系:主、从动部分的转动惯量 I_e 和 I_n 愈大,则总滑摩功愈大,从动部分的转动惯量 I_n 与挡位(I_n^2)和汽车的总质量有关,故高挡起步比低挡起步的滑摩功要大些。总质量大的车比总质量小的车起步时滑摩功要大些。

(3)滑摩功大小与路况的关系:从动部分的阻转矩 M_n 愈大,滑摩功也愈大,故应尽量避免在坏路、坡路上起步,并尽量减轻汽车自身的总质量。

影响滑摩功大小的关键因素是离合器滑摩时间的长短和主、从动部分转速差的大小。

2. 操作方式与节油

减小冲击与减小滑摩功通常是矛盾的,为了降低换挡过程中的冲击,应放慢离合器的接合速度,为减小滑摩功则要求加速完成离合器的接合过程。我们在操作中应怎样做才能解决这个矛盾呢?大家在操作时不妨注意一下,比如用一挡起步,当车速达到10km/h,发动机转速假若达到1200r/min。换上2挡,此时不要加油,抬起离合器,看车辆行驶速度有什么变化,如果此时发动机的转速正好与车辆行驶的速度所要求的转速相等,我们就可以即时换入高一级挡位,使换挡过程平顺又得以快速抬起离合器而减小滑摩功。2挡换3挡,3挡换4挡,4挡换5挡等都可以这样做。这就要求我们在接到一种新车型的时候,去体会一下,摸索一下,掌握车速与发动机转速之间的对比关系,很好地利用这种对比关系,将换挡时机掌握好,这样就解决了减小滑摩功和换挡冲击的矛盾,又减少了因滑摩功而产生的燃油的损耗和离合器寿命缩短的问题。

3. 离合器的失效形式与操作方式之间的关系

我们再看离合器主、从动盘的失效形式。在维修过程中离合器的失效形式一般有下面几种:(1)离合器从动盘摩擦片因换挡过程冲击太大而打碎;(2)离合器从动盘因使用过程滑摩功过大的原因使表面硬化,摩擦阻力降低打滑失效;(3)离合器主动件因滑摩功过大,使表面硬化和镜面化,离合器接合过程产生抖动或打滑失效;(4)离合器主动件中的压盘分离杠杆因滑摩功过大,产生热量过多使之退火,刚度降低,从而使离合器在长时间行驶后分离困难;(5)因离合器杠杆长时间受到作用力的作用,因疲劳使刚性降低甚至产生永久变形使离合器分离困难而失效;(6)因滑摩功过大和长时间作用力的作用,离合器压盘的压紧弹簧产生永久变形与退火造成压力不够,离合器传递的扭矩减小而失效;(7)由于操作不当使离合器从动盘扭转减震簧产生永久性变形而失效。这些失效形式笔者在维修过程中经常遇到,也是离合器的主要失效形式,从前面的分析中我们也看到,任何一种失效形式都与滑摩功的大小与产生热量多少有关,尤其是有些驾驶者有一个特别不好的习惯,在行驶时脚始终不离开离合器踏板,在等红、绿灯时挂上挡踩着离合器踏板等候。除了在换挡过程中要尽量做到快速以外,改掉行驶中踩着离合器踏板和踩着离合器等红、绿灯的习惯,对减少油耗、降低滑摩功、延长离合器寿命,都能起到至关重要的作用。而且在操作中要将在驾校学习时老师教的,两快、一慢、一停顿用好,用足。

二、手动变速器的正确使用, 故障率、油耗与操作

在这里笔者先给大家讲一个在维修工作中遇到的例子,有一位先生买了一辆中兴皮卡汽车,配的是 4Y 汽油发动机,唐齿变速器。在行驶了 25 000km 时找到中兴服务站,说:"你们这车的变速器有质量问题,换挡特别困难,你们得给我换变速器总成。"经服务站和厂家的有关人员公路试车,没发现什么问题,但客户不认可。说:"你们说没问题我开着就挂不上挡,没毛病怎么会这样。"双方僵持不下,后来找到笔者,经笔者试验也没发现什么问题。笔者当时考虑这事有意思,问题出在哪儿了呢? 根据笔者的经验,这个问题难道出在操作手法上了? 笔者问驾驶员说:"你开了多少年车了?"驾驶员说:"我开了 7 年车了。"笔者想这就更不应该了,但

我经过反复思考还是决定让他试试,笔者说:"小伙子来,你开着让我看一下是怎么回事行吗?"小伙子说:"行呀,你看挂不上也是挂不上呀!"小伙子将车开着就上了公路,上公路以后笔者让他将车停在路边,从起步开始,他按笔者说的从起步开始,逐步加挡,直至加到5挡。发现换挡过程确实有问题,但根据笔者观察,换挡困难不是因为变速器本身的问题,而是操作的问题,笔者发现他在换挡时不是有节奏、轻巧地换挡,而是没有任何节奏地、直来直去地撞挡。就是说在换挡过程中不给同步器起作用的时间,又不用离合器和油门相配合使主动齿轮和被动齿达到同步。这种操作方法,造成了换挡时挂不进挡的问题。笔者发现问题以后让他将车停在路边,说:"来,小伙子我开一段。"笔者上车以后没有马上起步行车,而是先给他讲了现代变速器的工作过程、结构、工作原理与怎样操作才能利用这些东西使其发挥作用,挂挡顺畅,然后笔者将车起步一边做示范一边讲解,并从1挡加到5挡然后又从5挡降到1挡,换挡过程都很顺利。笔者问他说:"你看我换挡顺利吗?"小伙子说:"顺利。"笔者说:"你按我刚才给你讲的来试试。"笔者将车停在路边让他来开。小伙子上车按笔者教给他的方法一试,果然换挡过程也很顺利。通过上面的故事大家不难知道操作手法的正确与否对自己的爱车是多么重要。那我们究竟应该怎样做呢? 这还要从变速器的构造与工作原理去了解。

我们知道现代的汽车手动变速器为了使换挡更平顺、更省力,以减轻驾驶员的劳动强度,都设有同步器。有了同步器以后,汽车在换挡过程中的操作步骤减少了,冲击基本消除了,换挡时间缩短了,同时也降低了油耗。但在具体使用中却出现了不少的问题,对同步器怎样使用产生了不同的理解。因此也就产生了很多不同的说法和操作方法,致使带有同步器的手动变速器的故障率升高。

1. 同步器构造、形式、工作过程

同步器的作用：同步器的作用是使接合齿与待啮合齿轮迅速达到同步以缩短换挡时间，防止滑动齿轮与常啮齿轮达到同步之前产生齿轮冲击。

同步器的型式：目前在我国、欧洲、日本等在汽车手动变速器中几乎采用的都是摩擦式惯性锁环式同步器。美国采用的是摩擦片式同步器。

同步器的构造虽有一定差异，但在挂挡过程中的作用过程大同小异。我们这里只介绍使用比较多的锁环式惯性同步器的构造和作用过程。

构造：锁环式惯性同步器由接合套、花键毂、锁环、滑块、定位销、弹簧等组成。

花键毂与输出或输入轴花键盘配合并以卡环轴向固定，在花键毂与两端接合齿轮之间，各有一个青铜制成的锁止环。锁止环上有断续的短花键齿，其轮廓与接合齿、外花键毂的外花键齿相同。锁止环有与接合齿的锥形摩擦面锥度相同的内锥面，内锥面上制有细牙螺旋槽，以便两锥面接触后，破坏油膜、增加锥面间的摩擦力。三个滑块分别嵌在花键毂的三个轴向槽中，并可沿轴向槽移动。三个定位销分别插入三个滑块的通孔中。在弹簧的作用下，定位销压向接合套，使定位销端部的环面正好嵌在接合套的凹槽中，起到空挡定位作用。滑块两端伸入锁环的三个缺口中。锁环的三个凸起部分别伸入到花键毂的三个通槽中，只有凸起部（锁环）位于花键毂缺口中央时，接合套与锁环的齿方可能接合。

在换挡过程中，同步器的作用可简要归纳为：摩擦工作面接触产生摩擦力矩—锁止环转动一个角度—锁止元件起锁止作用，阻止接合套前移—摩擦力矩增长至同步—惯性力矩消失—锁止作用消失—接合套进入啮合完成换挡。

　　我们从同步器的构造和同步器在换挡过程中的作用，可以知道，在换挡过程中其关键是，是否能使齿毂和待啮合齿轮达到同步，而要达到同步，锁止环与待啮合齿轮的摩擦力矩有直接的关系。摩擦力的产生和增长需要有一个过程。这就是构造中讲的同步器锁止环的内螺旋切断和破油膜的过程，而这个过程需要一定的时间。也就是说当我们挂挡起步和行驶中换挡时，要给锁止环破坏油膜、增加摩擦力矩的时间。没有这个时间就造成了因摩擦力矩不够、接合套与待啮合齿轮不能同步而挂不上挡、换挡时换不进挡的问题。有的驾驶员在这时很容易急躁，用力推操纵杆，甚至用撞击的办法想把挡挂进去。岂不知这正事与愿违。由于这种操作手法根本没有给同步器锁止环破坏油膜、使其增加摩擦力矩的时间，使接合套与待啮合齿轮根本不能同步，怎么能将挡挂上呀？而这种操作手法还使变速器部件在撞击中产生变形，情况更严重时，使变速器挂挡机构因变形而损坏，挂什么挡都费劲，甚至不能挂进挡而不得不进修理厂维修。给自己造成了经济损失不说，还使自己爱车的性能产生不必要的变化。当换挡困难、换不进挡时大多数是因为失去了最佳换挡时机和不给同步器起作用的时间造成的。而且在驾驶中如果不能掌握换挡规律，失去最佳换挡时机，还能给自己造成很多不必要的麻烦、问题和危险。比如加挡，上山减挡的过程中失去了最佳换挡时机，在加挡时，使汽车自身的动能过度消耗，挂上挡后会造成提速困难，尤其是在上山过程中一旦失去换挡时机，减一个挡很难使发动机恢复到大扭矩转速区进入正常运行状态，这时就不得不连续减挡，甚至造成坡道起步、后溜的危险情况发生。从而使油耗增加、危险增大。所以我们在操作中一定要勤加练习、掌握好换挡技巧、利用好同步器的性能，第一要做到平顺无冲击；第二要做到掌握时机、迅速准确不失时机，以减少对变速器的损害，降低故障率、减少维修费用。这样就可以节约燃油，避免行驶中的危险和事故。那我们怎样做才能避免以上所说的种种不利现象发生,充分利用同步器性能、降低故障率、节约燃油呢?

2. 换挡操作手法的介绍

根据我们在前面对变速器同步器结构、作用的分析和笔者在驾驶中的经验,笔者认为,用以下的操作步骤就能解决上面我们谈到问题:在挂挡起步时将离合器踩下,把变速杆放到1挡的位置略向前推一点,但不要用力太大,并保持力量不变稍做停顿,用时间来说也就在0.5~1s的时间,给同步器锁止环破坏油膜、增加摩擦转矩、达到同步的时间,然后,用力均匀地继续前推将挡挂上。在换挡过程中,比如1挡换2挡,将离合器踩下摘下1挡,将挡杆稍用力推向2挡,当感觉2挡略有进挡时稍做停顿,给同步器锁止环破坏油膜、增加摩擦转矩、达到同步的时间,继续均匀地向前推,便可轻松换入2挡。如果注意一下车速与发动机转速的协调关系,离合器分离良好,用此方法都可轻松、顺利、无冲击地完成挂挡和换挡过程。大家想想看我们是不是同时也就做到了减少对变速器的危害、降低了变速器的故障率,达到了减少维修费用、节约燃油的目的了?

3. 操作中做到脚轻手快也能节油

在人们日常的驾驶实践中都在总结节油的操作方法,总结出了很多的、优秀的驾驶技术、经验、操作方法。人们总结出的脚轻手快的方法,在前面的分析中,笔者都一一对应地进行了分析,而对于脚轻手快的理解却出现了很多问题,由此也给车主们造成了很多损失。

笔者在维修过程中曾经遇到过不少这样的例子。有一个客户开着一辆吉利优利欧轿车,汽车跑了大约50 000km左右时找到笔者说:"我这车现在挂哪个挡都特别费劲,你给我看看是怎么回事?"笔者接过车来一试,真是挂挡很困难,而且挂任何挡都一样困难,让笔者感觉很困惑,怎么会这样,给人的感觉是这车的挂挡摆杆、同步器均产生了变形,致使造成挂挡困难,当时笔者想不应该呀。笔者问他这车是怎么开的,怎么成这样了,他说也没别的呀。笔者说:"不对吧,你这车的故障不是车自身的问题,而是开出来的,你平常挂挡是怎么操作的? 是不是为了快老撞挡啊?"他说:"上山换挡不要求快吗? 我说:"上山换挡是要求快,但快要有个快的节奏和方法,不能说为快而快撞挡呀,这回好了,把变速器里好多东西都撞变形了。"将车修好后笔者给他讲了有关操作应该注意的问题。他说:"过去哪知道还有这么多事呀,这回好了,花钱买个教训。"

在前面的分析中,我们对脚轻手快进行分析时,根据内燃机的工作原理对内燃机控制策略方面进行了分析,说明了为什么脚越重油耗越高的原因,手快就是要以减少换挡过程中的磨耗功,做到平顺无冲击、降损减故障、节约燃油为目的。然而,笔者在观察有些驾驶员的操作和对快的理解时,却出现了为快而快的问题,其结果是:因为快不注意节奏,生拉硬拽,因撞击使变速器挂挡机件产生变形,造成挂挡困难。根据笔者经验,快,不但要做到及时、快速、准确。还要做到有节奏、留余量、不硬来。关于留余量可能不太好理解,留余量就是在换挡时要注意车速和发动机转速,使发动机转速保持在大扭矩区,不要等到实在撑不住了,发动机转速已经很低,输出扭矩很小再换挡,要适当提前、留有余量,一旦换挡就能使发动机恢复到大扭矩转速区。

4. 超车时挡位的运用

我们在正常行驶中,在路况较好、前车较慢时,免不了要超车,要超车,就要注意安全。尽量做到,不要在超车时并行时间过长,并行时间长了,就很危险,有情况不好处理,很容易出事故。为了避免超车时间过长,就需要车辆有很好的加速性能。然而就现代家庭用轿车而言,由于燃油控制策略和高速挡速比的选择,要做到这一点很困难。给人一种车辆没劲、提速困难的感觉。为什么会出现这种情况? 超车时应该怎样运用挡位? 怎样避免这些问题出现呢?

汽车的大多数时间是以高速挡行驶的,即用最小传动比的挡位行驶,因此变速器最小传动比的选择与发动机的最大扭矩转速与提速性能就有了很大关系。下面我们从现代变速器的速比选择看一看现代变速器的特点以及在使用中应注意的问题。

过去,多数汽车选择使汽车的最高车速等于最大功率时的车速,或最大功率时的车速稍小于最高车速。近年来,为了提高燃油的经济性,出现了最小传动比减小的趋势,即令最大功率车速稍大于最高车速。有的装有 5 挡变速器的汽车,第 5 挡的汽车最高车速与第 4 挡的最高车速很接近,有的轿车第 5 挡的汽车最高车速甚至低于第 4 挡的最高车速。

根据 1997 年有些杂志刊登的数据,在最小传动比(变速器在最高挡)时,约有 74% 的轿车的最高车速与最大功率时车速比值在 0.9~1.10 之间,5.5% 的轿车在 1.1~1.39 之间,17.5% 的轿车在 0.7~0.9 之间,3% 的轿车最高车速比最大功率车速的值低达 0.5~0.7。

第三章　车辆技术状况与油耗

　　在前面两章中从不同侧面对省油的方法、如何操作、为什么那样操作等进行了分析，是不是做到了笔者介绍的这些就可以省油了呢？前面介绍的所有方法都是以汽车在技术状态良好的前提下采用，才能省油的方法。如果你的汽车技术状况不好，浑身上下都是毛病，即使采用了笔者所用的方法，节油效果是有的，但因为车辆技术状况不好就很难有理想的效果。所以我们一定要将自己的车辆保养好、调整好，发现问题及时解决，使车辆技术状况保持完好状态，再采取笔者介绍的方法，你才能达到效果。

　　由于现代汽车的生产厂家不同、设计理念不同，现代汽车的各种控制功能和结构也是不尽相同的。有些车在行驶一定时间以后不但需要对车辆技术状况进行检测，还需要对具体项目进行调整。比如现代汽车的点火系统，如美国得尔福公司生产的 TM6、TM20 等电控系统、博士生产的 154 和 797 系统是采用 ECU 控制的无分电器点火系统，而日本丰田的 2RZ、1RZ、8A 等和国产的 376、378 有分电器点火系统。无分电器点火系统一般是无须调整的，一旦有了问题，不是信号部分就是控制部分有问题了，这些地方有问题后修复的可能性很小，只能采用换掉有故障的零部件进行恢复。而有分电器的点火系统就不一样了，除需要进行检测外，有时还必须进行调整。不然你的车就不能处在良好的技术状态下工作，从而造成燃油的浪费。

　　我们平时应该怎样注意自己的车辆、怎样才能知道自己车辆的技术状态好不好呢？其实很简单，你不懂汽车技术那你应该知道自己汽车在平时使用时的百公里油耗吧！在平时只要大家细心一点都能知道，只要你时刻注意你自己车辆的耗油量，你就会发现你车辆技术状态的好坏。一般讲，在路况没有大的变化、没有漏油等现象时，连续几次出现百公里耗油量过多的问题，那肯定是车辆技术状态出现问题了，不然这种现象是不应该发生的。下面笔者就从不同机构的技术状态来谈谈对油耗的影响。

供油系统的技术状态对油耗的影响

在驾驶学校学习时大家知道，发动机除了机械部分以外还有供油和点火系统。

在现代汽车中，化油器供油方式的发动机已基本被淘汰了，都是电子控制汽油喷射式发动机了，在这里，我们只介绍电子控制汽油喷射系统。

1. 供油压力对油耗的影响

根据电子控制汽油喷射系统的策略与原理，现代汽车的供油系统，不管是单点电喷、多点电喷、多点分组电喷、多点顺序电喷等，都是采用定压供油的方式，只是供油压力有所区别而已。在我国不论是自己生产的汽车还是进口的汽车，供油系统基本上采用全循环供油系统，由于燃油本身的原因，采用半循环和无循环的基本上没有。在全循环系统中供油压力的大小是由汽油泵、油管、喷油轨、调压器等组成。起决定作用的是调压器和汽油泵。当调压器或汽油泵任何一个出现问题都会引起供油压力的变化，汽油压力的变化又引起了供油量的变化。现代电子控制汽油喷射系统是采用定压控时的办法控制供油量的。一旦压力产生变化，供油量相应产生变化，从而引起发动机技术状态产生变化。为什么汽油压力产生变化会有这么大的影响呢？因为当压力一定时，供油量可以由时间控制，喷油嘴开启的时间长，出的油就多，喷油嘴开启的时间短，出的油就少，但是当压力低于标定压力时，喷油嘴开启的时间相同，由于压力低，出油量就要比压力高时少。大家可以从自来水管中去试验一下。笔者在维修中就遇到过很多这样的故障，其表现形式是，当油压降低时发动机明显动力不足，提速困难、温度过高、汽车无法正常行驶，从而造成耗油量过高，根据压力变化的大小，其百公里油耗的变化也不尽相同。

2. 喷油嘴的工作状态对耗油量的影响

喷油嘴的工作状态直接影响到汽油的雾化质量，如果喷油嘴经过长时间工作，工作副间有胶质物、颗粒状杂质，使喷油嘴喷出的汽油油滴过大，甚至成滴状喷出，使汽油的雾化质量变得很差。现代发动机的汽油常用的是将油直接喷在进气门附近，没有进气流对其产生进一步的粉碎和雾化，进入气缸的汽油就会是油滴状，从而因雾化不良造成燃烧过程变坏、动力性变差，汽车经济性受到影响。更有甚者由于喷油嘴工作副间有胶质或杂质，喷油嘴关闭不严，造成混合气过浓、耗油量增加。我们在使用时一定要注意这些问题。

怎么避免这些问题呢？第一，在加油时不能贪图便宜，一定要选择信誉度高的加油站加油，以免有过多的杂质或胶质进入油箱，使汽油泵滤网堵塞造成供油压力不足，甚至造成汽油泵的损坏。第二，要经常对供油系统进行清洗，尤其是喷油嘴，根据一些老师傅的实际经验，喷油嘴一般 2 万 km 进行一次免拆清洗，每 4 万 km 进行一次超声波清洗为宜。

3. 点火系统技术状态对耗油量的影响

汽车在运行中，点火时间和点火质量都会对发动机的燃油消耗量造成很大的影响。在平时笔者接触的维修车辆中,这种现象也遇到过几次,有的高得惊人,让人无法相信。在这里笔者给大家讲2例由于点火系统不正常造成燃油超量消耗的实例。

(1)一辆金杯面包汽车,客户向笔者反映说:"这车实在开不起了,跑600km用600元钱的油,耗油量达270~280L,这简直是喝油,这哪里是汽车呀!"听到客户反映的问题,也觉得很奇怪,并对车进行了全面检查。第一,没发现燃油泄漏情况;第二,没发现因混合气过浓造成的燃烧不好,排气冒烟的情况;第三,没发现润滑油增长的情况;第四,发动机运转正常没发现异常声音出现;第五,路试没发现动力有什么改变;第六,排气顺畅,没发现排气背压过高的情况;第七,汽车仪表指示正常;第八,经电脑诊断仪检测没发现故障码出现,只是进气压力略有异常,但其差值很小,只比正常值差10mmHg左右。经过以上检查得到结论,让笔者也是一头雾水,这么高的耗油量问题究竟出在哪儿了呢? 经与客户协商,让客户将车放下再进行检查。笔者以内燃机原理与电控理论为指导,对故障进行了全面的分析,并根据分析的结果,在首先排除了对进、排气系统、配气正时系统、点火系统的缸线次序、火花塞的怀疑以后对点火正时进行了检查。检查的结果是:点火时间因曲轴信号轮上止点错误,晚了18°曲轴转角所致。经过对点火时间调整恢复后再路试,故障排除,耗油量降至9L/100km。

(2)有一辆378发动机的家用轿车找到笔者,反映说:"车辆百公里耗油量有10~12L。"当时笔者考虑,耗油量如此高是什么问题呢? 是车辆的问题还是驾驶的问题? 让车主开着车去路试,想看看问题出在了哪方面,经过路试,虽然车主开车有毛病,但根据笔者经验,也不应该有这么高的耗油量,在路试中也没发现汽车本身有什么不正常。新车行驶里程又不多,只有4000~5000km。让车主将车开回服务站,用电脑诊断仪进行检查,也没发现有什么异常。笔者想难道这车的问题也出在了点火系统? 对点火时间进行调整后,再路试,耗油量恢复正常。

由以上的 2 例高耗油故障,大家会看到一个问题,由于点火系统的问题对耗油量的影响是多么大。

也许有人会问,第一个案例,其点火时间晚了 18°,汽车会没有任何反应,还能正常跑车。事实确实如此。不仅如此,笔者在维修中曾经遇到过这样一个故障,车辆行驶速度(在其他修理厂维修后)油门踩到底也只能跑到 60km/h 左右。经笔者检查,其点火时间竟比厂家设定的点火时间提前了 90°曲轴转角。可能大家会想,这简直不能让人相信。但事实就是这样。为什么会有如此现象呢?这就不能不让人叹服现代汽车电子控制汽油喷射系统的能力了。对过去的化油传统点火系统,这种现象是不可能存在的。大家如果有兴趣不妨去做一下试验,看看会有什么结果。

在点火系统中除了点火控制系统外,还有具体的点火部件,如点火线圈、高压线、火花塞等,这些部件的工作质量也会影响耗油量。根据有些书籍提供的试验数据,一只火花塞不工作耗油量增加 25%,两只火花塞不工作耗油量增加 60%。现代电子控制汽油喷射发动机,像这种火花塞完全不工作情况比较少见,随着电子控制汽油喷射系统的发展,其点火系统有了很大的改进,点火能量有了很大的提高,比如,过去化油器式发动机的点火电压是 8000~12 000V,而现代的点火电压提高到了 32 000~35 000V。由于点火能量的提高,火花塞质量也有了很大提高,发动机点火系统的故障率明显有了下降,燃烧状态得到了明显改善。就目前我国和许多国家试验结果,火花塞的使用寿命,一般在 15 000km 左右。15 000km 以后,火花塞进入失火期,其失火率一般在 5‰左右,这样的失火率对发动机的工作不会产生特别明显的影响,不会出现火花塞不工作那样的发动机抖动、动力不足的状态。但这 5‰的失火率对油耗和排气系统已然会造成相当的影响。第一,因失火的影响,首先使百公里耗油量有所增加,因为火花塞失火,进入汽缸的混合气不能燃烧,它不但不能产生动力,在压缩过程中还消耗了功。第二,由于没有燃烧的混合气进入排气系统,很可能在排气系统中燃烧,从而影响氧传感器和三元催化器的工作并缩短其工作寿命,会给车主带来很大的经济损失。

由以上分析可知,点火系统的工作质量对耗油量和其他方面的影响。大家在平时的使用中一定要注意对点火系统的检查与维护,发现问题要及时解决,以避免给自己造成不必要的损失。

4. 排气系统技术状态对油耗的影响

由于对汽车尾气污染的限制,现代汽车排气系统也有了和过去化油器式汽车很大的不同。过去化油器式汽车的排气系统由排气歧管、排气管、消声器组成。现代汽车的排气系统,增加了三元催化器、氧传感器、EGR 阀等。由于这种改变,汽车排气系统的工作和故障也相应发生了改变。过去的化油器式汽车排气系统设计好以后,在使用中其故障一般不外乎各种垫片因安装和使用不当冲坏漏气,消声器、排气管因长时间使用受腐蚀损坏漏气。而现代发动机由于增加了三元催化器、氧传感器、EGR 阀,增加了排气系统的故障,如因为燃油质量的问题(这在后面的燃料知识中会讲到)、发动机工作状况等问题,有可能造成三元催化器堵塞、EGR阀动作不能按着发动机的工作要求控制废气循环量,从而使发动机出现背压过高和废气循环量的过高或过低,破坏混合气的浓度,造成充气系数降低、燃烧过程变坏、动力性下降、油耗升高。如果三元催化器堵塞严重,甚至使发动机不能着车。在平常使用中,我们应经常检查排气系统,如发动机排气是否顺畅,听一听发动机在踩下加速踏板时是否有动力不足的感觉。一旦出现问题,要尽早采取措施。在这里笔者提到了发动机工作状态对排气系统的影响,其中发动机烧机油对三元催化器、氧传感器、EGR 阀的影响也是很大的,因为烧机油很容易使三元催化器堵塞,EGR 阀犯卡等故障。在前面曾说过每天启动发动机之前要检查发动机润滑油的问题。谈到这里大家是否能够理解了，如果我们每天检查润滑油，我们就能知道润滑油的消耗量是不是正常的，如果出现了不正常，就可以尽早采取措施，减少不必要的损失。

5. 进气系统技术状态对油耗的影响

由于现代汽车发动机控制方式的改变，进气系统除了过去化油器式汽车进气系统中的空气滤清器、旋风式空气滤清软管、进气歧管外，增加了进气流量传感器、节气门及节气门位置传感器、进气压力传感器等部件。如果对进气系统维护不好，除了因进气阻力增加、充气系数降低，使发动机动力不足外。还会因为进入进气系统的空气洁净度不够，使进气流量传感器因附着杂质和尘埃使传感器灵敏度降低，对空气流量的测量失准，使发动机混合气产生变化。严重时可能造成流量传感器的损坏。对进气压力传感器也同样，因为进气管压力传感器的工作特点，工作时老是处在一个负压区，很容易使灰尘、杂质附着在上面，引起进气压力传感器的反应灵敏度下降，造成发动机的加速性能变坏。对于节气门，由于节气门上有控制发动机怠速的装置，如果经过它的空气洁净度不够，控制怠速的装置就会脏污得过快，不得不经常清洗，使费用升高。

6. 发动机机械部分技术状态对耗油量的影响

随着汽车行驶里程的增加，发动机的机械部分必然要有磨损，因为磨损会使机械部分的各部位形状、配合间隙产生相应的改变，工作质量出现变化，从而影响动力性和经济性。如果在使用中能根据科学的理论与方法、材料的性能做到正确的应用，可使发动机的动力性和经济性，在较长的时间内保持在良好的状态，这将在后面讲到。

在使用中哪些部位最容易产生变化,从而影响发动机的动力性和经济性呢? 在前面我们讲过,由于发动机的工作特点,工作条件最恶劣的当属活塞、活塞环、缸筒、气门等部件。虽然随着科学技术的发展、制造工艺水平的提高,现代汽车发动机各摩擦副的使用寿命在不断延长。但是,不管采用了什么样科学的、新的材料与技术,在发动机中如果没有什么意外的话,由于工作条件的限制,最先出现问题的,仍然是活塞、活塞环、缸筒等部件。当这些部件因磨损而出现变化时对发动机的油耗有多大影响呢?

据有关机构测定,当汽缸窜气量由 80L/min 增加到 120L/min 时油耗量将增加 4%～6%。

为了确保发动机的动力性与经济性,根据技术规范的要求,汽缸压力必须达到原厂规定标准的 75%以上。为了工作平稳,汽缸压力差要求汽油机不得超过其平均值的 5%;柴油机不得超过 8%。

在上面讲的活塞、活塞环、缸筒、气门等部件磨损以后变化最大的就是汽缸压力,而发动机的动力性和经济性的好坏与汽缸压力有直接的关系。所以,我们应时刻注意汽缸压力,并定期检测,若汽缸压力出现变化,且变化量超过规定范围,就要寻找引起汽缸压力产生变化的原因,并想办法恢复,以保证发动机的动力性和经济性良好,降低燃油消耗。

7. 发动机燃烧室积碳对耗油量的影响

在汽车的使用中,由于燃油的质量、进入汽缸的润滑油等因素,很容易使燃烧室内产生积碳。由于积碳的存在,同样会使发动机的工作状态改变。

第一,由于燃烧室积碳的存在,首先改变了燃烧室的容积,燃烧室容积的缩小改变了发动机的压缩比。大家知道现代发动机为了提高其动力性和经济性,在设计时已经进行了强化,提高发动机的压缩比是强化的手段之一。所以,现代发动机的压缩比大部分已经达到极限。如果再提高压缩比,不但不能使发动机功率提高,反而会使发动机的性能变坏。同时由于燃烧室积碳使压缩比变大,会使发动机产生不正常的爆燃,从而引起发动机功率下降,油耗上升。

第二,由于积碳的热传导率较低,当排气结束,新的混合气进入汽缸时,积碳的温度会很高,这样在压缩过程终了前就会产生表面点火的不正常燃烧。这种不正常燃烧很难保证燃烧时的最大压力出现在活塞上止点附近,也就是说不能保证等容燃烧,从而使发动机的最大功率下降,油耗增加,在前面讲汽油机的燃烧时我们曾讲过表面点火燃烧,大家可以去研究一下。

第三,由于积碳的硬度较高,一旦附着在燃烧室内任何部位的积碳脱落(由于现代发动机绝大部分都是顶置式气门,很难使积碳随废气的排放而排出),就会使活塞、活塞环、缸筒等摩擦副造成磨料磨损,从而使活塞、活塞环摩擦副的磨损量增大,寿命缩短,维修费用增加。

因此,应定期清除发动机的积碳,保持燃烧室内和配气机构的清洁。使发动机减少磨损,保持动力性,节约燃油,降低维修费用。

8. 三滤技术状态对油耗的影响

空气滤清器、燃油滤清器、润滑油滤清器称为三滤,其技术性能的好坏将造成:有当时看得见的、有当时看不到但确能在长期使用中给发动机造成危害和影响。因此,要求三滤要保持较高的滤清功能,较低地通过阻力。

空气滤清器:当空气滤清器部分堵塞,进气阻力增大时,势必会造成进气损失、降低进气系数,引起发动机工作的微妙变化,从而引起油耗的增加。

燃油滤清器:在前面我们讲燃油系统的技术状态与耗油量的

关系时,由于燃油压力的变化会改变发动机的工作状态,燃油滤清器作为燃油供油系统的关键部件,如果滤清能力不好,通过阻力增加,给供油系统必定会造成很大的影响。如当通过阻力增加时会使供油量和供油压力产生改变,从而出现发动机工作状态的改变,使耗油量增加。滤清效果不好时油中杂质容易引起喷油嘴精密配合副产生异常磨损,造成喷油嘴喷油时雾化质量变坏,或者因关闭不严产生滴漏,因此使耗油量升高。

润滑油滤清器:为了保证发动机各摩擦副的良好润滑,其主要摩擦副都是靠压力形成润滑油膜保证润滑效果的,如发动机曲轴主轴承、连杆轴承、轮轴轴承、气门机构等。由于这些配合副的加工精度较高、间隙较小,对润滑油的洁净度就提出了很高的要求。如果润滑油滤清器的通过阻力增加,就会造成润滑油压力的变化,使各摩擦副间难以形成润滑油膜,使摩擦副工作状态变坏、摩擦损失增加,配合副的工作寿命缩短,油耗增加。润滑油洁净度不够,杂质进入配合副以后便破坏了配合副的精度,增加了磨损量,缩短了工作寿命,使维修费用上升。

通过以上发动机对三滤的要求的分析,我们知道了三滤性能对燃油消耗、发动机的损害,所以在平时要经常根据发动机的工作情况,适时地对三滤进行清理和更换。

9. 传动机件技术状况对耗油量的影响

在前面我们讲操作方法与燃油消耗之间的关系时,曾经讲过汽车的功率平衡方程: $P_e = 1/\eta_T[fGu_a/3600 + Giu_a/3600 + C_DAu_a^3/76140 + \delta mu_a/3600 \times du/dt]$,其中 $1/\eta_T$ 是传动效率,传动效率的大小不只是和设计、制造有关,而且和平常使用中的维护得当与否亦有直接关系。由平衡方程我们看到,传动效率越高,传动系统所消耗的发动机功率就越小,作用到驱动轮上的功率就越大,耗油量就会越低,如果平时维护保养不得当,传动效率就降低,所消耗的发动机功率就越多,发动机发出的功率作用到驱动轮上的功率就越小。若要使驱动力增大,就必然要增加油耗,使发动机功率增加而达到。

传动部件的不正常发响、发热,如离合器打滑、变速器、传动轴万向节主减速器等发响都有可能使传动效率下降,油耗增加。

润滑油的质量以及使用是否得当也同样会使传动系统的效率产生改变,这些将在后面燃润料的正确选择中讲到。

在平常使用中、行车时要注意离合器的工作状态、行车部分的声响等。当出现不正常的情况时要及时寻找原因并解决。要经常对传动系统进行检查与维护,使传动部分的传动效率保持在最大范围,保持传动系统良好的工作状态,从而降低燃油消耗。

10. 行路机构、制动器技术状态的好坏对耗油量的影响

汽车的组成中,其中一个很重要的机构是行驶机构,行驶机构不但承担着汽车行驶的任务,而且还承受着路面对它的反作用力。这种反作用力由于路面的不同,其大小和方向都在随时变化。由于这种变化,行驶机构的工作状态也在随时产生着改变。所以,在使用中就要随时注意观察、感觉、检查行驶机构的技术性能和工作状态。行驶机构一旦产生变化,不但影响燃油的消耗量增加,同时还影响到行车的安全。

行驶机构的组成:汽车行驶机构由轮胎、钢圈、轮毂、轮毂轴承等组成。在汽车行驶中由于其工作条件的改变,轮胎、钢圈、轮毂轴承的受力情况也随之改变。我们在讲轮胎时会讲轮胎的受力情况。而这种力也同样会影响到钢圈和轮毂轴承。而钢圈和轮毂轴承在外力作用下技术性能会发生改变,这种改变又会引起行驶机构行驶阻力的变化,从而增加了油耗。

在行驶中上下台阶、过沟、过坎等障碍物时如果操作不当,会对车轮整体产生很大的冲击力,这种冲击力不但对轮胎造成很大

的伤害,同时也会使钢圈产生变形。由于钢圈的变形,势必使车轮总成的动平衡遭到破坏和车轮失圆,这在大家开车时会有明显的车身晃动的感觉,由于这种改变,必定造成行驶阻力的增加,从而使燃油消耗量增大。

轮毂轴承的损坏与调整不当,同样会造成车轮转动内阻的增加。比如:轮毂轴承调整过紧,车轮转动时轴承会发热,严重时造成轴承因过热而烧死,车轮不能再转动,半路抛锚。转动阻力增加,耗油量必然上升。过松时,车轮会左右摇摆,四轮定位数据产生改变,有时还会使车轮与制动器产生摩擦,因而增加了行驶阻力,百公里油耗量上升。

制动器的工作状态、性能与油耗:制动器工作状态和性能的改变也同样会使耗油量增加,比如,制动器不能达到设计所要求的制动力或制动效果,做不到能随驾驶员的意愿产生所需要的制动效果,在行车中你就不能用正常的行驶方法、不得不随时注意行车安全、路上情况的变化,提前采取措施,使油耗量增加。当制动器因调整不当产生摩擦时,制动器会对车轮的滚动产生阻力,如果间隙过小因摩擦产生的热量会很大,严重时会造成制动器抱死,轮毂轴承的润滑油因过热溶化外流等后果。使燃油消耗量上升、维修费用增加,更有甚者造成半路抛锚。如果在行驶中经常注意一下:如用相同的油门位置是否能达到相同的车速,也就是说,在相同的或相近的行驶条件、相同的行驶速度下所消耗的功率是否相等。如果感觉比较费劲,你就要对车辆的行驶机构进行一下检查,用手摸一摸制动器的温度、轮胎温度、轮毂轴承的温度,看看是否有异常,如果异常要根据情况进行合适处理,不然,不但耗油量上升,有时还会把你扔在外边。

11. 四轮定位与耗油量

说起四轮定位与油耗的关系,大家可能是一头雾水,说不清四轮定位是怎么回事,与油耗又有什么关系。

　　说起四轮定位,在过去独立悬挂系统还不多时,车轮定位只是一个概念性的东西,因为它在汽车出厂时就已经定型了,在使用中如果不是遇有大的事故一般很少产生变化。随着科学技术的发展,为了乘坐的舒适,现代轿车中大部分采用独立悬挂,这样便产生了四轮定位的问题。

　　车轮定位的意义、作用是什么,与油耗的关系是什么,我们先来介绍有关车轮定位的知识:为了保持汽车直线行驶的稳定性、转向的轻便性和减轻轮胎与机件的磨损,转向轮、转向节和车轴三者之间与车架必须保持一定的相对位置,这种具有一定位置的安装称为车轮定位。正确的车轮定位应该做到:可使汽车直线行驶,稳定而不摆动;转向时转向盘上作用力不大;转向后转向盘具有自动回正作用;轮胎与地面间不打滑以减小油耗、延长轮胎使用寿命。车轮定位有前轮定位与后轮定位,前轮定位包括:主销内倾、主销后倾、前轮外倾、前轮前束;后轮定位有:后轮内倾、后轮前束。

　　(1)转向轮定位

　　①转向节主销装在前轴上后,在纵向平面内,其上端略向后倾斜,这种现象称为主销后倾。在纵向垂直平面内,主销轴线与垂线之间的夹角 Y 叫主销后倾角。

　　为什么要让主销后倾,主销后倾的作用和意义是什么呢? 转向节主销后倾后,它的轴线的延长线与地面的交点,就会位于前轮与路面的接触点前方,这样转节轴线的延长线与轮胎与地面接触点之间就有了一段垂直距离 L;若汽车转弯时,汽车产生的离心力将引起路面对车轮的侧向反作用力 F,侧向反作用力 F 通过轮胎与地面的接触点作用于轮胎上,形成绕主销的稳定力矩 $M=FL$,其作用方向正好与车轮偏转方向相反,使车轮有恢复到原来中间位置的趋势。即使汽车直线行驶偶尔遇到阻力使车轮偏转时,也有使其回正的作用。由此可见,转向节主销后倾的作用是:保持汽车直线行驶的稳定性,并力图使转弯后的前轮回正。转向节主销后倾角越大,转向节主销轴线的延长线与轮胎与地面接触点间的距离就越长,即 L 越大,回时转力矩 $M=FL$ 就会越大。驾驶员在转弯时就需要在方向盘上施加较大的力来克服回正力矩,因而造成转向沉重。也就是说,回正力矩的大小取决于力臂 L 的数值,而力臂 L 又取决于转向节主销的后倾角 Y 的大小。由于现代汽车的轮胎气压降低、弹性增强而引起稳定力矩的增加,现代汽车采用的 Y 角一般不超过 $2°\sim3°$,而且在逐步减小到零,甚至为负值。在独立悬挂系统中,两个转向轮的转向节主销是可以独立变化的,由于这种关系,在平时的使用中,可能会由于某种原因造成两前轮转向节主销的后倾角不相等,从而造成转向系统的变化。由于主销后倾角的减小,使大家普遍感觉到现代好多汽车的转向回正力不好。

②转向节主销内倾。转向节主销安装到前轴上后,在横向平面内,其上端略向内倾斜,这种现象称为主销内倾。在横向平面内,主销轴线与垂线间的夹角 β 叫主销内倾角。

主销内倾后,转向节主销轴线的延长线与地面的交点到车轮中心平面与地面交线的距离 C 减小,从而可减小驾驶员加在转向盘上的力,使汽车转向操作轻便,也可减少转向轮传到转向盘上的冲击力。主销内倾角的作用是使前轮自动回正,转向轻便。转向节主销内倾角越大,前轮的回正力矩就越大,但转向时须施加到转向盘上的力也就越大,造成转向沉重,而且车轮绕主销偏转的过程中使轮胎与路面间产生较大的滑动,增加了轮胎与路面间的摩擦阻力、加速了轮胎的磨损,故一般内倾角 β 不大于 $8°$,距离 C 一般为 $40\sim60\text{mm}$ 为宜。

转向节主销内倾和后倾都有使汽车转向轮自动回正、保持直线行驶位置的作用。但主销后倾角的回正作用与车速有关,而主销内倾角的回正作用几乎与车速无关。因此正常行驶时主销后倾角的回正作用起主导作用,而低速时,则主要靠主销内倾角起作用。

③前轮外倾。轮胎安装在前轴上,其旋转平面上方略向外倾斜,这种现象称为前轮外倾。前轮旋转平面与纵向平面之间的夹角α称为前轮外倾角。

前轮外倾角的作用在于提高了车辆工作的安全性和操作的轻便性。由于转向节主销与转向节主销衬套之间、轮毂与轮毂轴承之间都存在有间隙,若空车时车轮垂直地面,则满载后,车桥将因承载变形,可能会出现车轮内倾。这样将加速轮胎的磨损。另外,路面对车轮的垂直反作用力沿轮毂的轴向分力将使轮毂压向轮毂外端的小轴承,加重了外端小轴承及紧固螺母的负荷,严重时会使前轮脱出。因此,为了使轮胎磨损均匀和减轻轮毂外轴承的负荷。安装车轮时预先使车轮有一定的外倾角,以防止车轮出现内倾。同时,车轮有了外倾角也可以与拱形路面相适应。前轮外倾角大虽对安全有利,但是过大的外倾角将使轮胎横向偏磨增加,滚动阻力加大,油耗增加。

④前轮前束。汽车两前轮安装后,在通过车轮轴线与地面平行的平面内,两前轮前端略向内收,这种现象称为前轮前束。左右两前轮间后方距离 A 与前方距离 B 之差 $[A-B]$ 称为前轮前束值。前轮有了外倾角后,在滚动时,就类似于滚锥,从而导致车轮向外滚开。由于转向横拉杆和车桥的约束,使车轮不可能向外滚开,车轮将在地面上出现边滚边滑的现象,使车轮的滚动阻力增加,从而增加了轮胎的磨损,增加了行驶阻力。为了消除车轮外倾带来的这种不良后果,设计了前轮前束,这样可以使车轮在每一瞬间滚动方向接近于正前方,从而在很大程度上减轻和消除了车轮外倾而产生的不良后果。同时也减轻和消除了轮胎的磨损和滚动阻力。

(2)后轮的外倾角和前束

　　车轮的定位参数通常都是指汽车的前转向轮而言。由于独立悬挂的普遍应用,现代汽车不仅前轮有外倾角和前束,有些汽车后轮也有外倾角和前束。现代汽车有很多采用发动机前置前驱动形式,后轮是从动轮,由于采用独立悬挂的结构,汽车驱动力通过纵臂作用于后轮上,在驱动力的作用下,悬挂机构将克服杆系和连接部位胶套的定位产生移动,如同后轴弯曲一样,将使车轮出现前张现象。预先设置的后轮前束角就是用来抵消这种前张的。后轮外倾角的作用有两个,一是外倾角用来抵消汽车高速行驶、加速度较大,且驱动力较大时出现的负前束(前张),以减少滚动阻力和轮胎磨损,降低油耗。二是由于是负外倾,可增加车轮接地点的跨度,增加汽车行驶时的横向稳定性。

　　从上面我们对车轮定位的作用知道,当车轮定位不能保证在规定的位置与数值时,势必造成转向沉重、不能保持直线行驶稳定或摆动、方向回正力差、轮胎与地面出现打滑、滚动阻力增加,增加了轮胎的磨损与油耗、降低了轮胎的使用寿命、潜在危险加大。由于独立悬挂的结构,使其承受冲击载荷的能力下降,受到较大的冲击载荷时容易使车轮定位发生变化。所以,我们在汽车的使用中要尽量避免让汽车的前后轮承受来自于各个方向的过大的冲击载荷。经常注意轮胎的磨损状态,保持汽车各轮定位的各项数据在正常范围。一旦发现问题要及时调整,使车辆的各项行驶性能良好,降低燃油消耗,减少轮胎磨损。

　　据有关资料显示,某型号轿车在其他定位数据不变,若前束从标准的 2~3mm 增大到 6mm,油耗就会增加 12%。可见前轮定位与油耗关系之密切。

第四章 汽车的保养与油耗

汽车保养是否得当直接关系到技术状态的好坏。由于保养不得当,就会使汽车的技术性能发生变化,从而使耗油量上升。

平时应该怎样保养汽车对现代的广大驾驶员来说,是一个亟待解决的问题。由于社会环境、学习环境、生活环境的变化,人们对汽车的正确使用与保养知识越来越不重视,越来越缺乏。因此也就很难对汽车进行常规的正确检查、使用与保养。从而对自己使用的汽车的技术性能不了解,带病行车的现象经常存在,半路抛锚现象屡见不鲜。

现在笔者就比较常见的、应该常做的一些问题给大家做一个简单介绍。

一、汽车发动机润滑油的更换周期的确定

对于确定发动机润滑油的换油周期,现在大部分驾驶员都是根据汽车使用说明书中规定的、按行驶里程换油周期来确定的,只是上下班用车的驾驶员,因为行驶里程较少,竟有两年时间不换机油的,有的驾驶员经常在高速大负荷状态下运行,换油里程竟达8000~10 000km,还有的驾驶员在汽车润滑系统有故障存在的情况下,其换油周期仍然按规定的行驶里程来更换。殊不知这种更换周期的确定是多么不科学,因为这种换油周期在使用中给自己的爱车造成了很严重的破坏,使自己的爱车使用寿命缩短,耗油量

增加。

那么换油周期应该怎么来确定呢？答案是由润滑系统的工作状态确定换油周期。

汽车发动机的润滑系统，由机油泵、主油道、机油滤清器、曲轴箱通风设备、机油散热器等组成。在这些组成部件中，机油泵、主油道、机油滤清器、机油散热器等装置，一般很少出现大的问题。而曲轴箱通风装置是常常不被人们重视、对润滑油又有很大危害的一个部位。

1. 曲轴箱通风装置的作用与换油周期的关系

在活塞式内燃机中的压缩和膨胀过程中，汽缸内的可燃混合气和燃烧过的高温高压气体不可避免地会经过活塞环、活塞与缸筒的间隙漏入曲轴箱内，如果曲轴箱不设通风系统，不立即排出这些有害气体，就会产生以下不良后果：（1）油底壳内的机油被漏进曲轴箱的可燃混合气和燃烧完的废气污染或被稀释，热氧化作用加强，从而使润滑油在较短的时间内生成腐蚀金属的酸性物质、黏度增大、油泥和漆膜大量生成，使润滑油失去润滑作用。（2）曲轴箱内气体压力升高，当它的压力高于环境大气压时，就会引起油封漏油。比较厉害的是润滑油从机油尺口、加机油口、柴油机的曲轴箱通风口喷出。（3）在曲轴箱内温度过高并存在有飞溅油雾和可燃气体的情况下遇到某种热源而引燃时，可能引起爆炸。所以现代汽车发动机都设有曲轴箱通风装置。曲轴箱通风装置工作性能的好坏，直接关系到了机油使用寿命的长短。曲轴箱通风装置工作状态良好，换油周期可以按规定的里程，通风装置状态不好换油里程或时间就要缩短。

2. 发动机工作状态与换油周期的确定

发动机经常在低温、低速状态下运行，处在开开停停行驶时易形成低温油泥,换油周期要缩短。

发动机经常在高温、高速、大负荷条件下工作,满载长距离高速行驶,润滑油在强烈搅拌状态下易使润滑油在短期内生成腐蚀金属的酸性物质,油泥、漆膜大量生成,失去应有的润滑作用。换油周期缩短。

对发动机技术状态恶化的汽车,由于磨损量较大,窜入曲轴箱的燃气、润滑油氧化加剧,换油周期应缩短。

在市区行驶、上下班用车,应根据使用情况,如果行驶里程很少,至少应做换季保养。

在恶劣条件下工作的汽车换油周期应缩短;如:灰尘大的场所、高温、高湿环境下工作的汽车。

一般而言,需要缩短换油周期的汽车,如果按里程说,其缩短里程比汽车制造厂规定的换油里程再短 500～2000km。

二、刹车油的正确使用与更换

现在大部分驾驶员对刹车油的使用很不合理,认为刹车油不少,有刹车就行了,殊不知,由于这种认识给自己的行车安全埋下了多少隐患。

我们平时保养时,对刹车系统应该怎样保养,尤其是刹车油是不是该换呢?什么时间该换?为什么该换?这对广大驾驶员来说并不是特别清楚和明白。下面我们对刹车油在使用中的性能及变化看一看,应该怎样确定刹车油的使用时间和换油周期。

汽车制动系统对制动液性能的要求:

1. 沸点要高

现代汽车车速高、制动强度大,制动过程中产生的摩擦热会使制动系统温度升高,有时温度高达 150℃以上,如果制动液的沸点太低,在高温时就会蒸发成蒸气,使制动失灵。

2. 吸湿性要小

制动液吸收周围和空气中的水汽后使沸点下降,而且现在使用的刹车油都有吸湿性。在操作刹车时会使制动液温度升高,一旦停止行驶,制动液开始冷却。温度一升一降更容易使其吸湿性增强。如原来平衡回流沸点为 193℃的制动液,吸湿后,含水量到 2%时沸点下降到 150℃,吸湿后其高温性能显著下降。

3. 黏度要适当

要保持制动液有良好的流动性,使制动系统的压力能随制动踏板的动作迅速上升和下降,制动总泵的活塞和制动分泵的活塞能在油缸中顺利滑动。要求制动液在很宽的范围内保持适当的黏度。

4. 安定性要好

制动液在高温条件下长期使用时,不能产生热分解和缩合黏度增加,也不允许生成胶质和油泥沉积物。

5. 皮碗膨胀率要小

制动液对橡胶零件有溶胀作用,它使皮碗的体积增加,以致造成皮碗因膨胀不能随动,使制动失灵。

6. 防腐蚀性要好

要求制动液对金属不产生腐蚀。

7. 良好的互溶性

由以上对刹车油性能的要求我们看到,要使制动安全可靠,刹车油性能必须保持在良好状态。然而在使用中刹车油的性能随着使用时间的延续必然会产生改变。如据有关部门测定,一般经过12个月的使用以后,制动液的含水量为2%,经过18个月的使用以后其含水量平均可达3%。在现在市场上供应的刹车油中,虽然出厂时均可达到对皮碗的溶胀率要求,但在使用中,由于使用时间的延长,很容易使油泥、胶质生成,黏度增大,再由于长期使用后,制动总泵内总泵活塞回位弹簧的弹力变化,会造成总泵活塞回不到位,制动管路内的制动液得不到及时补充,制动间歇性失灵。尤其是经常在山区行驶、在湿度比较大的环境下工作的车辆,这种现象的发生要比在平原、气候比较干燥的条件下工作的汽车早得多。现在很多汽车都采用 ABS 制动系统,在 ABS 系统中制动管路要比普通制动系统长,也更曲折,又由于 ABS 泵的工作使制动液的工作条件变得更加苛刻。因此建议制动液的使用时间不宜超过12个月。如果使用条件比较苛刻,如:高温、高湿、经常跑山区的汽车还要适当缩短。

三、车辆齿轮油的使用与更换

我们先来看看工作条件。与其他零件的润滑相比,汽车齿轮的工作与润滑有以下几个特点。

1. 齿轮的当量曲率半径小、油楔条件差

在齿轮的工作过程中,齿轮齿的齿面间并不完全是滚动,而是存在着滑动,由于汽车的工作特点,很难使车辆齿在匀转速条件下工作,所以齿轮齿面间的滑动方向与大小急剧变化,易引起磨损、擦伤和胶合。

2. 齿轮的接触应力非常高

一般滑动轴承单位负荷压力最大不超过 100MPa，而一些重载机械的齿面应力可达 400～1000MPa，双曲线齿轮的齿面应力可达 1000～3000MPa。由于汽车的工作条件和工作环境，其齿面的接触应力在 1000～4000MPa，极易发生胶合和点蚀。

3. 齿轮润滑的断续性

由于制造成本和加工手段的限制，很难使齿轮的加工精度达到很高，润滑油膜的建立是一个断续的过程，每次啮合都需要重新建立油膜。在齿轮润滑过程中，流体动力润滑、弹性动力润滑与混合摩擦润滑三种方式同时存在，大部分齿轮工作是处于混合摩擦状态，因此容易引起磨损、擦伤和胶合。

4. 润滑状态对齿轮失效有较大影响

使用润滑油的黏度、润滑油的性能、润滑方式以及润滑油供应量对齿轮失效都有明显的影响。齿轮润滑好坏还易受其他因素，如齿形的修正等的影响。

通过以上对齿轮工作条件的介绍我们知道，要想使自己爱车的齿轮工作副少出故障，就要保持齿轮油的性能良好，只有这样才能使自己车辆的齿轮工作副保持良好的工作条件，延长寿命，减少工作中搅拌功率的损失，减少维修费用，降低油耗。而齿轮油在工作过程中是要产生变化的，那么齿轮油的变化是什么呢？齿轮油的变化会给车辆带来什么影响呢？怎样确定换油周期呢？

汽车齿轮油在使用过程中的温度很高，一般可达 120～130℃，准双曲线齿轮系统由于负荷较大，油温可高达 160～180℃。在较高温度下工作时被齿轮激烈搅动与空气接触充分，再加上齿轮箱中金属的催化作用，齿轮油很容易被氧化，产生氧化物和油泥,使黏度增加,冷却效果下降。同时,为了齿轮油能在极压条件下有良好的润滑效果,形成油膜,在齿轮油中添加有极压添加剂,由于极压添加剂化学活性强,低温下容易与金属表面发生反应造成腐蚀。分解或氧化变质会生成酸类和胶质。在齿轮工作过程中不可避免地与水接触,含有极压剂的齿轮油会发生水解或产生沉淀而失去极压作用,失去使用性能。如果继续使用就会给齿轮系统造成擦伤、磨损,甚至造成事故。

为了使车辆齿轮油保持良好的性能,普通车辆齿轮油的换油周期可参照行业标准 SH/T0475—1992 技术要求,使用中的车辆齿轮油达到表中任何一项指标即应更换新油。

只有做到保持齿轮油的性能良好,才能使传动系统的搅拌损失减小,降低油耗,减少齿轮磨损,延长使用寿命。

四、防冻液的正确使用与更换

随着发动机结构的改进、材料科学的进步,为了使发动机的燃烧更完善,现代发动机的正常工作温度都比较高。比如:国产桑塔纳轿车正常工作温度为 90～105℃,捷达的正常工作温度为85～115℃,富康轿车的正常工作温度为 90～118℃。同时为了减轻发动机的自身质量,轻合金材料的应用越来越多,比如铝合金缸盖、全铝合金缸体等。由于发动机工作温度的提高和轻合金材料的应用,对发动机冷却系统中的冷却介质就提出了新的更高的要求。从各个角度讲,过去冷却用的自然水很难满足这些要求,如水的沸腾温度就是在海拔不太高的地区也就是 100℃,随着海拔高度的增加,其沸腾温度还要降低,虽然说通过一定的措施能使水的沸腾温度相对提高,比如增加循环系统的工作压力,但由于结构本身的限制,冷却系统的工作压力又不能太高。所以在温度方面用水做冷却介质就很难达到发动机的工作要求。由于发动机轻合金的使用,对防腐、防锈、防水垢也提出了新的要求,自然水在这方面也是很难达到要求的。为了使发动机冷却系统能够达到现代发动机的要求,并正常工作,人们研制了新的冷却介质——防冻液(冷却液)。

对防冻液的性能要求

(1)良好的防冻性能;(2)防腐及防锈性能;(3)沸点要高;(4)对橡胶件及橡胶密封导管无溶胀及腐蚀性;(5)防止冷却系统结垢的性能;(6)抗泡沫性;(7)低温黏度;(8)化学性能。

在防冻液的使用中,无疑会使防冻液性能产生改变,有些是因为对防冻液的不了解人为造成的。如:①钙、镁离子水垢的形成主要来源于硬水的添加;冷却液在使用过程中会有一定损失,需要及时向冷却系统补充。有些用户不是补充冷却液或蒸馏水,而是直接加入硬水,结果硬水中的钙、镁离子与冷却液中的无机盐成分形成水垢。当这些水垢形成于缸体衬里及缸盖水道时,会因水垢的散热不好出现局部高温区,恶化润滑条件,加快发动机各摩擦副的磨损,严重时还会造成缸盖开裂。②硅胶垢主要来源于无机型冷却液中的硅酸盐,作为铝合金的防腐蚀抑制剂,硅酸盐被广泛应用于普通无机型冷却液中,但添加硬水时硅胶很容易析出,形成硅胶垢,堵塞散热管且极难清除。大大降低了传热效率,使发动机过热。这些结果都是因为不能正常使用造成的。

在正常使用中,防冻液也会由于使用时间及条件而产生改变。如防冻液变浊、变稠、变色、变味、发泡、冰点降低等。当以上现象出现时尤其是冰点出现较大改变时,一定要及时更换。

五、空气滤清器滤芯的保养与更换

空气滤清器的状态好坏,直接影响到发动机的进气量。如果空气滤清器过脏,必然会造成进气阻力增大,在节气门开度相同的条件下,如果空气滤清器脏污严重,发动机就不能发出应有的功率,所以,一定要对空气滤清器经常检查和清理,如果工作环境比较恶劣,里程要缩短,比如,3000~4000km 要用压缩空气清理一次,每 1 万 km 还要更换。只有保持进气系统的状态良好才能使发动机进气顺畅,才能使发动机动力强劲。

六、燃油供给系统的保养

在前面我们讲燃油系统的性能与油耗的关系时曾经讲到了燃油系统中经常会发生的一些问题。在保养时要对燃油系统进行检查,看是否有泄漏、脏污情况、雾化质量等。如果发现有问题,在保养时要及时解决。平时的使用中大家可以适当地对燃油系统进行一些免维护的保养,如燃油中加入适量的清洗剂、经常使用一些有清洁能力的汽油等,这样就减少了使燃油系统产生问题的因素,使维护费用降低。也有益于燃油系统的工作能长时间保持在良好状态。

七、电瓶的保养与油耗

在现在的车辆中至少有 1/4 的轿车是在市区中上、下班使用的短途运行车辆。由于车辆老是短途运行,行驶里程比较短、发动机运转时间短、启动次数多,车辆的供电系统负荷较大,基本上处在亏电状态下工作。由于现在的汽车驾驶员对车辆的了解不够,对供电系统几乎处于不保养的状态。因此给车主油耗的升高和维修费用的增加创造了条件。

短途行驶的车辆为什么说供电系统负荷较大,为什么总是处于亏电状态下工作呢? 我们先看看启动时供电系统的工作状态。

我们现代轿车、微型车等的供电系统中,蓄电池的容量一般在40~60A/h。拿40A/h容量的蓄电池来说,若以40A的放电电流进行放电,1h就会使电池的蓄电量放掉原容量的70%。20h放电率,以3.75A/h放电20h,终止电压为额定电压的85%时就应该终止放电。在启动时要求蓄电池的电流有多大呢?一般在200~350Ah,如果我们每天启动四次,每次启动时间是20s,每天运行时间为4h的话,蓄电池是根本充不满的。所以造成了蓄电池长期亏电。蓄电池在长期亏电状态下工作,很容易使蓄电池极板弯曲和极板附着物脱落,最终造成蓄电池报废。

由于蓄电池总是在亏电状态下工作,汽车的充电系统也要长期大电流给蓄电池充电,这样势必造成发动机的输出功率有相当一部分消耗在了因充电而带动发电机的运转上,从而造成油耗的升高。在前面我们讲发动机电控系统时曾经讲过,发动机的控制策略中的修正系数有一项是电压修正,因此也会使耗油量有所上升。

我们只有尽量保持蓄电池的工作状态良好,才能使消耗在充电系统的发动机功率降到最少,从而节约燃油。

我们应该怎样对蓄电池进行保养与维护呢?

在日常使用中应对蓄电池进行下列维护工作:

(1)观察蓄电池外壳表面有无电解液漏出。(2)检查蓄电池在车上安装是否牢靠,导线接头与蓄电池电极桩的连接是否牢靠。(3)清除蓄电池盖上的尘土,擦去蓄电池盖上的电解液,清除电极桩头和导线接头上的氧化物,检查加液孔螺塞上的通气孔是否畅通。(4)检查并调整电解液密度及液面高度。(5)检查蓄电池放电程度,并及时进行充电。

在使用中应对蓄电池的技术状况进行检查:对于行驶里程比较多的汽车每行驶4000~5000km,对行驶比较少的汽车每1~2个月应对蓄电池进行下列检查:

(1)电解液面的高度。(2)蓄电池的放电程度。

现代很多汽车上的蓄电池是免维护蓄电池。电解液液面高度不用检查,但放电程度一定要检查,如果发现放电量较大一定要及时进行补充充电。因为短途行驶的车辆很难用发电机将蓄电池充满。前面我们曾经讲过只有蓄电池的技术状态良好,才能使消耗在充电中的发动机功率减少,使燃油消耗降低,蓄电池寿命延长。

八、行驶机构的检查与保养

在现代汽车运输行业中,大部分单位都在执行视需保养与维修的管理方式,取消了定期保养的管理方式。其中有很多优点:首先避免了材料、人力的浪费,适当地降低了成本;其次减少了停厂车日,提高了劳动生产率。然而这种管理方式确立的前提是:必须定期对车辆进行技术检查,以确定车辆的技术状态。

私家车是否也可以采取这种方式呢? 对某些机构是可以的,比如行驶机构。但是要采取这样的保养与维修方式,就需要我们具备一定的汽车理论与实践知识,能经常对车辆技术状态与性能进行正确的检查,对自己车辆的技术状态做到心中有数。

我们在日常使用中应该怎样对自己车辆的行驶机构进行检查,检查什么、怎样确定是否该保养与维修,下面简单地给大家作一介绍。

应该对下列项目经常进行检查:轮胎气压、轮胎磨损情况,在行驶时对制动部分进行检查;制动能力是否可靠、制动性能是否良好。检查轮胎紧固情况、检查轮毂轴承的松紧度。在行驶中注意听行驶机构发出的声响是否均匀无异常。检查有无刹车油的泄漏,检查有无轮毂轴承润滑油的泄漏,转向是否灵活可靠。以上检查项目中,若发现其中任何一项有问题,要及时进行处理、维修,若发现几项有问题就要及时对整个行驶机构进行保养、维修,恢复其性能。轮毂润滑脂的更换周期将在汽车运行材料的运用中讲到。

第五章　轮胎的正确使用与安全和油耗

　　轮胎是汽车的主要部件之一，其性能的好坏、是否能做到正确使用，直接关系到燃油经济性、安全、轮胎使用寿命。在使用中要注意使用的细节，从一点一滴做起，避免使用不当给自己造成不必要的损失，更要注意因使用不当给自己造成非常大的潜在的危险，这种潜在的危险时时处处存在，无法防止，无法检查，一旦出现无法处理，轻者给自己造成很大的经济损失，重者危及生命。在这里笔者给大家讲一个在行车中遇到的事故，而且这种事故经常出现，令人惊怕，使人胆寒。

　　在笔者从事驾驶汽车进行运输作业的 10 多年时间里，这样的事故遇到不止一次。有一次笔者正驾驶汽车在高速公路上行驶，一辆皇冠 3.0 超过，以大约 100km/h 的时速行驶，超过没有几分钟的时间，汽车突然扎头向高速公路隔离栏撞去，在刚刚碰到隔离栏时，又突然向右扎头，此时就看着汽车的左后尾部重重地撞到隔离栏上，在左后尾部撞上隔离栏后，由于巨大的撞击力，汽车前部又向左撞向了隔离栏，此后，汽车才慢慢停在了高速公路的超车道上。笔者见到此情况，赶紧采取了减速停车，将车停稳后，跑过去看人是否有事，经询问，还好，乘员没什么大碍。笔者帮助他们将车移到停车带，问是怎么回事，驾驶员说，汽车正在行驶，左前轮突然爆胎造成车辆失控引起事故。

　　笔者在见到此次事故后，很长时间都在思考事故的原因。后来经过笔者多方探讨并向轮胎厂家了解，才大致明白了其中的原委。其中原因后面再给大家讲,下面给大家讲轮胎的正确使用与油耗和轮胎使用寿命之间的关系问题。

为了延长轮胎使用寿命,防止早期损坏,在使用中应该做到以下几点。

一、保持轮胎气压正常

轮胎气压不符合标准是造成轮胎早期损坏的主要原因之一。

轮胎气压正常时胎冠与路面的接触面积较大,承受载荷均匀,与地面的附着力良好,磨损正常。

轮胎气压低时,轮胎刚度下降,载荷后变形严重,胎肩局部着地,造成迟滞损失增加,滚动阻力系数加大,磨损严重,行驶中胎温较正常气压时高出不少。

胎压过高时,会使轮胎发硬、弹性降低、附着力下降、行驶稳定性降低,并使帘布层受到过度的伸张甚至折断。同时因接触面积减小,加速胎冠顶部异常磨损、增加单位面积载荷,易引起爆胎,特别在高温季节,爆胎现象更为常见。

二、防止超载

汽车超载时,轮胎的变形增大,接地面积增加,磨损加剧。同时胎体发热、胎温升高,造成胎体橡胶加速老化,缩短寿命。据有关部门测定,如轮胎长期超载 20%,使用寿命缩短 30%;长期超载 40%,使用寿命缩短 50%。超载后,由于轮胎变形增大,滚动阻力也相应加大,耗油量会有明显增加。

三、正确行驶

1. 平稳起步

汽车起步时轮胎由静止突然转动,使轮胎与路面发生剧烈摩擦,加速磨损。因此汽车起步时,无论空车还是重车均应用低速挡平稳起步。

2. 少用紧急制动

紧急制动时,车轮抱死使轮胎与路面间产生滑拖,引起胎面与路面剧烈摩擦,并产生高热,加速胎冠局部磨耗,而且极易造成胎面、胎体或胎体帘布层之间的脱离、起包等损坏。据有关部门试验测定,一次紧急制动,胎面局部磨耗可达 $0.8\sim1\text{mm}$,因此,在行驶中驾驶员应根据道路和交通情况进行预先判断,多用滑行减速,少用制动,尤其是紧急制动。同时制动时,是将汽车的动能以制动产生的热量而转化,使汽车轮胎和制动器产生热量,除了对轮胎和制动器造成磨损外,还增加了燃油的消耗。

3. 中速行驶

汽车行驶速度过快时,轮胎在路面上产生滑移,甚至产生驻波现象,使轮胎磨损加剧。加之高速行驶时,轮胎变形次数增多,变形加大,胎温急剧升高,胎体刚性增大,轮胎与路面接触面减少,行驶稳定性及附着力变坏,稍有不平之处轮胎便悬空而过,频繁的悬空跳跃,使车辆尤其是独立悬挂的车辆的四轮定位产生改变,轮胎与路面形成拖滑,胎面磨损大大增加。因此应中速行驶。

4. 注意选择行驶路面

在无分道线的道路上行驶时,在保证安全的情况下,汽车应尽量保持在道路中央行驶,避免轮胎因负荷偏重造成偏磨和爆胎。

(1)在不良道路上行驶时,应尽量避开路上的尖利物体、硬质碎屑和其他障碍物,以防轮胎被刺破或撞爆。

(2)通过铁路与公路交叉处时,应提前减速,平稳行驶,避免轮胎与铁路高速冲击。

(3)在河滩和便道地段行驶,因无坚实路基,对于双后轮汽车,石块易嵌入双胎胎肩,通过后应停车检查,排除嵌入双胎胎肩之间的石块。

(4)对于货车,装卸货物时,在货场避免路旁硬质石沿和放下的栏板等硬物擦伤轮胎侧面或使轮胎侧面受力过大,将侧面帘布层挤断爆裂而形成危险。

(5)若驱动轮陷入泥坑打滑时,不可加大油门猛冲,避免轮胎因滑转而加速磨损。在城市行驶时,一般中等城市不让在行车道或路边停车或长期停车,有时为了办事就不得不将车开上便道,现在城市便道越修越高,由于轿车底盘较低,轮胎直径较小,路台较高,将轮胎顶住路台后再用发动机将车顶上去的办法会很费劲,甚至较不上去,这时有些驾驶员就容易用加油冲车的办法将车开上去。而这种方法给汽车造成的损害非常大。①在冲上路台的过程中,由于轮胎与路台沿的接触面积非常小,轮胎在接触位置的压强相当大,轮胎变形严重,轮胎帘布层过度拉伸,很容易使帘布层产生轻微断裂,这种断裂在不破坏轮胎胎体的胶层时很难发现。因为帘布层断裂处的强度受到很大影响。在正常行驶时由于轮胎多次变形使帘布层产生疲劳,所以在帘布层断裂处很容易突然爆裂造成不堪设想的后果。②现代轿车或小型汽车大部分采用独立悬挂,独立悬挂的特点是:在汽车行驶中对路面的冲击减振和缓解振动传递能力增强,乘车人员感觉乘坐舒适了,但汽车的抗冲击载荷能力却降低了很多。因此冲击载荷就很容易造成悬挂机构的变形,使四轮定位数据产生改变从而造成轮胎的异常磨损和行驶阻力的增加,耗油量上升。所以在城市行驶时,上便道、公路上行驶时遇有沟、坎、台时一定要想办法减少对轮胎因冲击造成的损害,避免潜在危险因素产生。行驶中遇有障碍的驾驶方法在驾校学习时一般都讲过,这里不再赘述。

5. 行驶途中要经常检查轮胎

行驶途中如遇车身倾斜,操作困难,车辆出现乏力,异响抖动或有烧焦气味时,应立即停车检查轮胎状态。在长途行驶中,每行驶 200km 左右应下车检查一下轮胎气压、温度是否正常,轮胎螺母有无松动,轮胎有无被刮擦现象。对于货车尤其是双后轮的大中型货车要检查胎面、双胎之间有无杂物嵌入,一经发现要及时排除。

四、防止轮胎温度过高

汽车在行驶时,轮胎因承受负荷不断的挠曲变形,在山区行驶时由于对车辆控制困难、长时间使用制动从而导致轮胎温度升得很高(用手背触及烫手)。轮胎气压也因胎温的升高而升高。在炎热的夏季行车时尤其突出。此时应找阴凉处停车自然降温,切不可用放气或泼冷水的办法来降低轮胎的气压和胎温。途中遇有涉水时,也要注意胎温,如果胎温高要适当的休息,待轮胎降温后再下水。长途行驶回家后,也应在胎温降低后再洗车。否则,因轮胎骤然冷却变形而使胎体橡胶老化,甚至产生裂纹,使轮胎早期失去使用价值。

五、严寒季节轮胎的正确使用

1. 正确使用防滑链

在严寒季节,下雪时路面容易结冰或者因雪压实而车辆附着力降低,很容易发生车辆侧滑、制动失效而发生危险。为了避免危险情况的出现和发生事故,要给驱动轮戴上防滑链。在使用防滑链时,防滑链的安装不可过松或过紧,以免链条直接给轮胎造成损坏。通过冰雪路面后应立即拆除,禁止在坚硬道路上使用。在坚硬道路上使用防滑链同样给轮胎造成损害。

2. 严寒季节的轮胎保护

在严寒季节,汽车长时间停歇在野外,为防止轮胎与地面结冰,应在轮胎下面垫上木板、树枝、沙子等。再开动时,起步应平稳,起步后应以 5~7km/h 的速度低速行驶,待轮胎胶体经过滚动变得柔软时再以正常速度行驶。因为轮胎在低温条件下弹性和韧性均都变得很差。若一开始起步速度较快,轮胎胶体因低温硬化,使轮胎胶体性能产生改变,频繁变形而损坏。

六、轮胎的构造与省油

美国通用试验场资料表明,装有典型美国汽车发动机的小轿车,滚动阻力对油耗的影响,其数值为:滚动阻力每减小 1N,燃油消耗量减少 0.01L/100km,或换算为滚动阻力系数 f 减少 10%,省油 0.6%~1.2%。

汽车滚动阻力系数的大小,是由车辆的技术状态、车辆的总质量和轮胎的性能决定的。当汽车的技术状态良好、车辆的总质量控制在最理想的范围时,其滚动阻力系数的大小由轮胎决定,由于轮胎的结构材料和制造工艺的不同,其滚动阻力系数会相差很大。因此,汽车对轮胎提出了各种要求,如:强度、耐磨性、耐久性及要求它保证动力性、经济性等各种使用性能。

目前,全球各大知名轮胎企业都已着手开始节能轮胎的研究与开发。在材料、结构等方面都进行了很大改进,比如:采用含硅橡胶等全新的橡胶配方、全新的胎体结构、非对称性花纹等。使轮胎在保证了强度、耐久性、动力性能的前提下,提高了经济性、降低了滚动阻力、降低了燃油消耗。在市场上我们常见的轮胎有斜交轮胎与子午线轮胎。据有关机构的试验,子午线轮胎,滚动阻力可减少 25%～30%,周向滑移小、弹性滞后损失小、耐磨性好、载荷能力强。因此,子午线轮胎与斜交轮胎相比,可节油 5%～8%。

但子午线轮胎也有其缺点,如在车辆急转弯时,车身倾斜度比普通轮胎大。因而在使用子午线轮胎时,汽车转弯时应适当减速,以免侧倾过大降低横向稳定性。在装用子午线轮胎后,一般应减小前轮前束,避免轮胎过度径向变形。

我们在汽车使用中,应根据不同情况、不同的使用条件对轮胎进行有的放矢的选择,只要选择适当就可做到既省油又节约轮胎使用费用的目的。

七、轮胎使用中应注意的其他问题

1. 合理搭配

根据车型和使用性能应按原厂规定选用合适的轮胎,并且前、后、左、右的轮胎必须合理搭配。同一辆车上尤其是同一车轴或双胎并装时,不宜安装不同厂牌、规格和花纹、帘线层数不等,以及新旧成色差别较大的轮胎,否则将使个别轮胎磨损加剧。

　　换用新胎时,对于货车来说,因前轴负荷较小,后轴负荷较大。对于轿车而言,尤其是中低档轿车,大部分是前驱动,前轴的负荷,无论空车、满载都不小于后轴。新胎应装于负荷较小的车轴。因为新胎表面有过硫现象,磨损较快,根据有关部门的试验:负荷较小的货车前轴和轿车后轴的轮胎比承受负荷较大的轮胎磨损量低20%~30%。在这里大家一定要注意一个问题,对于轿车来说,因其前轮既是驱动轮又是转向轮,前轮轮胎一定要保证状态良好。在不得不新旧搭配,尤其是货车双胎并装时,新旧胎的磨损程度相差不得超过3mm,且应将新胎装在外边、旧胎装在里边。换用新胎的季节,以冬季和春季为宜。因夏季气温较高,轮胎工作时生热多,新胎胎冠厚,不易散热,轮胎橡胶容易磨损。

2. 注意解除轮胎负荷

　　对于长期停驶的汽车,应支起车架使轮胎离地,使所有轮胎都能解除负荷。免得使一定部位因长期负荷造成局部提前老化而提前失效。

3. 停车地点的选择

　　(1)不要将车辆停放在有油污、冰雪等有损轮胎的路面上。

　　(2)尽量避免上坡停车。因为坡道起步时轮胎滑转量会很大,轮胎滑转磨损加剧。

　　(3)夏季行车若需停车时应选择阴凉处,避免轮胎在烈日下暴晒。

　　(4)严寒季节若需停车时,应选择避风向阳的路面或地方,以防止路面与轮胎冻结起步困难。

第六章　道路的选择与油耗

一、行驶中道路的选择与油耗

在汽车行驶中路况的好坏、是否塞车等都与耗油量有直接的关系,有时出现的差距会相当悬殊。

对于驾驶员来说,掌握道路的特点和路面情况是一个有效的省油方法。头脑中有一张行驶线路图,就能有效地协调人、车、路三者之间的关系,便于掌握和控制车速,做到以较少的油走较多的路,还可减少事故,保证安全。

在市区行驶时对行驶线路、红、绿灯多少、红、绿灯变换时间、哪里行人密集、什么地方容易出现行人横穿公路、路上车辆稠密程度等情况做到心中有数,你就能适时控制车速,减少停车和起步,合理利用挡位、油门与刹车。就能节省不少燃油。

对于路面状况要有足够了解,路面材料、路面平坦程度对汽车的行驶阻力、行驶速度、燃油消耗、轮胎磨损均有一定影响。

汽车在良好路面上行驶,车轮路面间的滚动阻力小,可以充分利用高速挡、保持行驶速度、减少停车、起步、加速、刹车的次数。就可以降低燃油的消耗。不知道大家注意过没有,上海有一位出租汽车驾驶员就讲过这个问题,他在行驶途中就很好地利用了路况,为了不塞车,往往舍近求远。因为走近路,虽说行驶里程少了,由于起步、停车、加速、减速次数增加了油耗不但不会减少,有可能比走不塞车的远路耗油量还高。

在崎岖不平的道路上行驶时,由于速度经常变化,平均技术速度下降、换挡次数增加、制动次数增加、离合器的使用次数增加、单位路程发动机转速提高致使耗油量上升。由于离合器使用次数增多,离合器摩擦磨损量增大,压盘弹簧疲劳程度增加,换挡次数增多加速了变速器齿轮的载荷,制动次数增加导致制动器部件的磨损加剧、寿命缩短,在行驶同样里程的条件下发动机转数增多,增加了活塞的摩擦功和活塞、缸筒的磨损。承受冲击载荷的行驶机构、悬挂系统、轮胎等增加了损坏的机会。四轮定位在冲击载荷下易发生改变,使行驶阻力增加,同样可以使油耗上升。由此不难看出路况的掌握对油耗和车辆技术状态的影响有多大,过去人们常说的宁走十步远,不走一步喘,应该就是这个道理吧。

二、节油不跑冤枉路的几种方法

笔者在 10 多年的驾驶过程也经常跑没有跑过的路,经常去没有去过的地方。一个人在一生中不可能什么地方都去过,什么路都走过,为了在行车中少走冤枉路,在驾驶中不能不探讨、摸索识路的方法。下面是笔者自己的一些体会和经验,供大家参考和借鉴。

勤问路

出门在外,陌生的地方勤问路是人所共知的道理,正所谓,鼻下一张口,条条大路任我走。但在实践中,问路也有很多技巧,有时你虽然下车问了路,但冤枉路依然没少跑。有时在一个不熟悉的城市跑车时因无法找到合适的停车位置而无法问路。遇到这种情况会使人很头痛。那应该怎么办呢?①到了一个陌生的地方时,不但要问路,你还要多问几次,因为各地有各地的风俗,各地的人性也不完全一样。所以,不但要问,还要通过多问来证实你前面问的人说的是否正确,有时可能要三番五次地问来证实。不然你很可能就跑冤枉路了。②问路对象的选择:问路时你要根据情况去选择问路的对象。比如,选择开拖拉机的、开车的、警察、公路部门的工作人员等。当你选择对象不当时,你问的人很可能根本不知道你要去的地方怎么走,你也就无法获得准确的信息。③问路中的标示作用:当你去一个陌生的地方,尤其是陌生城市问路时你可能问了很多人,人家都会告诉你不知道你问的这么个地方,你费了好大劲却无法找到你该去的地方。此时标示就很重要了。比如,你去的地方离什么有名的建筑、商场、剧院、政府机关、公园等比较近,在这些有名的建筑的什么方向、距离多远等,你问起路来就会很方便。因为一般的人对你去的地方可能不知道,但对这些有名的地方不会不知道,只要找到这些有名的地方再打问你要去的地方你就会少很多的周折。④市区问路的技巧:现在在比较大的城市问路时停车是个很大的问题,由此造成事故、违章的也不在少数。因此,在问路时就要想办法动脑筋,利用一切可以利用的地理条件就十分必要。在不许停车的地方你该怎么做呢?首先观察路面尽量不要违章,然后在路况允许并在不妨碍交通的情况下,你可以采取向警察问路的方法,但你一定要注意你的方法。笔者在行车中就碰到过不少这样的事。笔者想这其中最好的就是你要向警察表示的尊重,警察就会理解你的难处。比如当你在某城市需要打问路又找不着停车的位置时,你要对车辆行驶的路况进行观察,看车流量大小,行人多少,停车时是否会妨碍交通,造成拥挤和堵车,在避免了行驶车辆的拥堵、不妨碍交通的情况下你就可以找地方停车问路。但停车时离路口一定要远一点,因为交通法规有规定:路口 50m 以内禁止停车。将车停好以后你要一路小跑奔向警察。这时警察看你是在问路而且一切做得又很到位,他是不会为难你的。

三、路碑法识路

我们经常出门的人都知道公路路边上有表示公路标记的路碑，路碑上标明了公路是什么路，如省道 307，国道 107 及里程等。当你开车去陌生的地方时路边的路碑就派上了大用场。比如我们从北京去石家庄，我们从北京一出来就可以找 107 国道，找到 107 国道以后我们就可以一直沿着 107 国道走，一边走一边观察路边的路碑，只要我们不偏离 107 国道，就不会走错路。再比如我们从北京去河北的行唐，我们从北京出来以后首先应该走京广线（107）国道，经过看地图知道行唐在新乐的西部，去行唐的路与京广线的交点在新乐，我们走到新乐以后打听一下去行唐怎么走，拐上去行唐的路以后观察一下路边的路碑，沿着路碑走下去一般不会走错路。尤其是在出远门时，你可以先在地图上查找你要去的地方应该走哪条路，一条国（省）道和另一条国（省）道的连接点在什么地方，弄清以后在路上你只要注意你走的路上的路碑，沿着路碑走不要偏离就没有问题。就是当你走的路出现事故、堵车、修路、修桥等断路情况需要绕行时，你要回原来的路都会很容易。一般的人在陌生路上开车时不会对方向分辨得特别清楚。此时如果出现需要绕路的情况，你可以记住下国（省）道时是向左拐还是向右拐的，如果说是向左拐的记着向右拐顺道行驶你就可以很顺利地回到你要走的路上去。

以上介绍了笔者开车找路的一些经验，希望能给大家一点帮助。当然只靠这些是不够的，需要大家在实践中不断摸索和积累。还有一点提醒大家，这在前面也提到过，就是要学会熟练掌握地图的使用，当你对地图能熟练使用时，再结合前面介绍的方法，你会发现有事半功倍的效果。

第七章　柴油发动机汽车的驾驶与节油

记得 10 年前,当时笔者在跑车搞运输,有四辆 40 英尺半挂车,两辆是东风 153 配康明斯发动机,两辆是配大柴 6100 发动机的解放 142 拖车头。当时笔者开的是配大柴 6100 发动机解放 142 拖车头的半挂。和笔者一起的一位师傅开的是一辆配康明斯发动机东风 153 拖车头的半挂车。一段时间以后,那位师傅说:"咱俩换车。"笔者问:"为什么?"他说:"我这车没劲,上山时你 2 挡能上去的地方我就得用 1 挡!"当时笔者没答应。回来后笔者就琢磨,不应该是这样呀!从功率上说,他的车比笔者的车功率大怎么会没劲啊!难道是车有毛病?过一段时间后,他又提出此事,那两天正好笔者没事,开他的车路行,感觉不是没劲,上山时一试也不是没劲。当时笔者一琢磨,终于明白了!他为什么感觉车没劲呢?是因为他对现代发动机的结构变化和由结构变化而引起的性能变化不了解,不能很好地利用其性能引起的。笔者给他讲了其中的原委,他说:"这样吧,你再跟我跑一趟我开着感觉一下。"笔者又跟他跑了一趟,他感觉后,说:"你还别说还真是这么回事!"

2001 年左右,有一次笔者去山东日照送铁路电气改造用的绝缘子,和笔者一起去的还有一辆新的刚跑完磨合的 3 吨东风,配的是朝柴 6102 发动机,当我们一起走到山东青州吃饭时,开 3 吨东风的司机跟笔者说:"这趟跑回去要把车交了不开了。"笔者问:"为什么?"他说:"这车挺好,就是开不起耗油量太大。"笔者问:"单位给你定的每百公里多少升油?"他说:"每百公里 19L。"笔者问:"你现在每百公里耗油量是多少?"他说:"我现在每百公里是 21～22L。"笔者想不应该吧,说:"这样吧! 我的车让另一位驾驶员开着,我跟你跑一跑看看是怎么回事!"笔者上车一跑,车没发现什么问题,把车停在路边说:"你开一段我看!"他一开笔者发现问题出在因对柴油机的性能不了解而造成的。笔者给他讲:"开柴油车不能跟开化油器式汽油发动机的汽车一样,因为柴油机的供油系统和汽油发动机不同;你之所以耗油量高就是由此引起的。"笔者给他把道理讲明白后,说:"你按我告诉你的方法,把油箱加满试试看,看百公里油耗究竟是多少。"经过试验,每百公里油耗为 15L。

笔者上面讲的两个故事,一个是因内燃机结构的变化引起性能改变的问题;一个是因对内燃机的供油系统性能不了解造成耗油量超标的问题。下面,就这些问题从内燃机结构变化、供油系统的特性、内燃机原理及驾驶方法上向大家做一分析介绍。

柴油发动机,准确地说应该叫压燃式发动机,在驾驶中油耗的多少,经笔者多年试验与探讨发现,除了与对汽车的保养、运行材料的使用有关外,其最关键的问题出在了驾驶者对发动机原理、性能及驾驶时对原理、性能的准确理解与应用上。如果驾驶者对原理比如:燃烧的机理、供油泵的速度特性、燃油质量对燃烧的影响、油门控制与油泵的速度特性的匹配上有深刻的了解,并使自己在驾驶上有良好的匹配控制,那么节约的效果还是很明显的。当然到目前为止,在压燃式内燃机上,尤其是燃烧机理这一块有很多东西还不是特别的明了。不过对于驾驶者来说,能够把我们明了的东西了解、掌握、用上了就足够了。因为我们不是研究发动机的性能、原理并试图改造,而是怎样运用现有的性能。所以在这里仅简单介绍压燃式发动机的燃烧,影响燃烧的因素与油耗的关系及节油的措施。

一、柴油机混合气的形成和燃烧

1. 柴油机的燃烧过程

内燃机燃烧过程是将燃料的化学能转变为热能的过程,进入汽缸的燃料燃烧完全的程度,决定于热量产生的多少,而燃烧时间(或从燃烧开始到结束相对于曲轴转过的角度)又关系到热量利用的程度,所以燃烧的过程是影响内燃机动力性和经济性的主要过程。此外,它对内燃机的噪音、大气污染、使用寿命等也有重要影响。

柴油机是在压缩行程接近终点时,借助喷油设备将燃油在高压下成雾状喷入燃烧室与高温高压的空气混合自燃着火燃烧。因此与燃烧有关的有:供油系统、燃烧室、进气道等。

压燃式内燃机的燃烧过程是这样的:压缩行程到达上止点前喷油,喷油后燃料并未马上着火。而是经过一定时间或曲轴转角以后才开始燃烧并以很快的速度进行。此时,是一面喷油、一面混合、一面燃烧,情况极其复杂。随着燃烧的进行,缸内废气量不断增加,由于废气量的增加使燃烧逐渐缓慢下来,为了分析方便,按燃烧过程进展的某些特征,一般将整个燃烧过程分为四个阶段:

第一阶段——着火延迟时期:即从喷油开始到缸内压力脱离压缩线开始急剧上升止。

在上止点前,喷油器针阀开启向汽缸内喷入燃油,这时汽缸内受压缩的空气高达 450～800℃,往往高于在当时条件下柴油的自燃温度,但柴油并不马上着火,而是稍有落后。

因为柴油自燃需要一定条件,它首先要由液态蒸发成气态,并与空气混合形成可燃混合气,而且混合气中燃油蒸气与空气的比例要在一定的范围,当这种适当比例的混合气温度升高到某一临界温度以上,并经一定化学反应过程,燃油才能自燃着火。所以喷入汽缸的燃油要经历一系列的物理化学过程,包括燃油的雾化、加热、蒸发、扩散与空气混合等物理变化,以及重分子的裂化,燃油的低温氧化等化学变化,直到混合气浓度比较合适,氧化充分的地方某一处或几处同时着火。着火延迟期一般为 0.0007～0.003s。喷油时缸内的温度是影响着火延迟期的主要因素。温度越高着火延迟期越短。此外,燃料的性质如十六烷值的含量、50%馏分温度等,柴油机的转速、供油提前角、汽缸内的压力也有较大影响。

第二阶段——速燃期:从缸内压力偏离单纯压缩线急剧上升的这一点开始到压力上升缓慢一点或最高压力点为止。

由于着火延迟期中喷入汽缸的燃油都已经过不同程度的物理化学准备,所以一旦混合气着火后,第一阶段已喷入汽缸的燃油几乎同时燃烧。而此时,活塞正靠近上止点附近(这一阶段一般到上止点后 5°～8°,曲轴转角结束)。因此缸内压力急剧上升,接近于等容燃烧。

第三阶段——缓燃期:从最高压力点开始到缸内温度达到最大值为止。

在此阶段中仍有大量燃油燃烧,由于此时燃烧是在汽缸容积不断增加的情况下进行,汽缸压力几乎保持不变、或稍有上升、或稍有下降,对发动机动力几乎没有影响。随着燃烧进行,废气不断增多,氧和燃油的浓度下降,燃烧条件变得不利,燃烧也逐渐缓慢。到这个阶段结束时,放热量一般达循环放热量的 70%～80%,最高温度可达 1700～2000℃。

第四阶段——补燃期:从缓燃期的终点到燃油基本燃烧完时止。这一阶段终点很难确定。一般认为放热量达到循环总放热量的 95%～97%可以认为补燃期结束。

在高速柴油机中,混合气形成的时间更短,会使补燃期、缓燃期增长,燃料利用率降低,零件热负荷增加,排气温度增加。

2. 燃烧过程存在的问题

(1)混合气形成困难及燃烧不完全

由于柴油馏分重不易蒸发,故将燃油喷射成雾状,分散成数百万个细小油滴,油滴直径一般在 2～50u 范围,这些油滴在汽缸内迅速蒸发与空气混合。但因混合时间极短,例如:一台转速为 1500r/min 的发动机,一般供油持续时间只有 15°～35°曲轴转角,也就是 0.0017～0.004s 时间,对高速柴油机来说时间更短。缸内情况异常复杂,有的地方是燃烧生成的惰性气体,有的地方可能是只有空气或过稀混合气:在混合气过浓以及有液态核心的地方,还会有未蒸发完的燃油、未被氧化的烃、各种中间生成物和碳粒等,同时在缓燃期开始后,可能还有燃油继续喷入。因此,缸内空气和燃油混合极不均匀,一部分燃油在高温缺氧的条件下不能完全燃烧,只是排气冒烟,经济性下降。

(2)燃烧噪音

在速燃期中,迅速升高的压力会形成强烈的噪音,对机件形成冲击负荷,燃烧最高压力升高太快,将影响柴油机寿命。

燃烧噪音是柴油机的主要噪音来源,它是由于速燃期中急剧升高的压力直接使燃烧室壁、活塞、曲轴等机件产生强烈震动,并通过汽缸壁传到外面而形成。如果压力升高率 $\Delta p/\Delta \phi$ 值超过 400～600kPa/℃时,就明显感到有强烈的振音,给人带来不舒服的感觉,称为柴油机的工作粗暴。工作粗暴的柴油机不仅噪音大而且机件受到较大的冲击负荷,使柴油机的寿命缩短。

着火延迟期愈长,着火延迟期内形成的可燃混合气体越多,压力升高率愈大,柴油机的工作越粗暴,机械负荷越大。

从降低柴油机的机械负荷、使柴油机工作柔和、平稳考虑,应尽可能缩短着火延迟期。减少着火延迟其中喷入的燃油量,使用合适的十六烷值的柴油,均可使着火延迟期缩短。

（3）排气冒烟

柴油机废气中的碳烟（黑烟）含量不仅限制了发动机的功率，而且污染了大气。

碳烟的形成一般认为是燃油在高温缺氧条件下，进行燃烧，使燃烧中间产物 C－C、C－H 裂化聚合成的碳粒，这些碳粒氧化速度较慢，抑制燃烧过程进行，使燃烧时间拖长。这种现象在急加速和高速行驶时遇到较陡的坡道，不及时换挡，使发动机转速降低，混合气出现过浓时极易出现，碳烟的出现说明燃料燃烧不完全，使柴油机经济性、动力性下降，同时没有完全燃烧的碳粒会附着于燃烧室内壁成为有害沉积物，引起活塞环卡住、气阀咬死等故障。

二、燃油的喷射与雾化

1. 概述

燃油供给系统的功用是按柴油机的各种工况的需要将一定数量的燃油，在适当时期、以合理的空间形态喷入燃烧室，即对燃油的数量、喷油的时间和油束的空间形态三方面有效地控制。

在燃烧过程中将燃油和空气均匀混合是最基本的要求，燃油的喷射与雾化对此有着至关重要的影响。目前，柴油机上应用最多、最广泛的是柱塞式喷油泵。这种泵几乎都是溢流调节式，采用定升程凸轮驱动柱塞，柱塞上有倾斜的切槽控制油量，当斜切槽与回油孔相通时，供油即停止，用拉杆或齿条使柱塞转动以改变斜切槽与回油孔的位置控制供油量。喷油器的基本作用是使柴油喷散雾化，与燃烧室形状以及燃烧室中的气流运动配合形成良好的混合气，现代柴油机中广泛采用闭式喷油嘴，其结构为：有一个强力弹簧（压力可调）压紧针阀。在燃油喷入燃烧室前燃油压力要先升高到一定数值，克服弹簧压力把针阀打开，才能开始喷射，这样既保证了燃油的雾化质量,而且当燃油压力一旦降低就能迅速断油,保证不发生滴漏现象。喷油开始压力一般在 10 000～20 000kPa 范围。

2. 燃油喷射过程

在供油系统中,供油压力变化很大,最高达数万千帕(数百个大气压),因此,产生高压油管的弹性和燃油的压缩,并且不断有压力波在高压系统中传播,这就使实际喷油过程与柱塞的供油过程很不一致。

当柱塞关闭进油孔时(称油泵供油始点),泵油室内燃油被压缩,燃油压力开始升高,直到油压升高到超过高压油管中剩余压力与出油阀弹簧压力之和后,燃油开始进入喷油嘴中,但喷油器并未马上喷油,而是当传播到针阀处的压力升高到针阀开启压力时,针阀才打开将燃油喷入汽缸。这样,喷油器实际喷油始点落后于油泵供油始点,从喷油泵柱塞开始关闭进油孔的瞬时到喷油嘴喷射开始的瞬时称作喷油延迟时间(以角度表示称为喷油延迟角)。针阀打开后,一部分燃油喷入汽缸,喷油器端压力暂时下降,泵端因柱塞继续压油,其压力还在升高,当柱塞斜槽与回油孔相通的瞬间,因节流作用,泵端压力并不立刻下降,随着柱塞运动,回油孔开大,泵端压力迅速下降,并影响到喷油器端压力。也就是说喷油器端压力下降较喷油泵端迟,当压力下降到针阀落座压力时,针阀关闭,喷油停止。

3. 油泵速度特性

喷油泵油量控制机构(或齿条、拉杆)位置固定,每循环的供油量随转速变化的关系即为喷油泵的速度特性,常用的柱塞式油泵的速度特性是这样的,每循环供油量随着油泵转速的升高而增加,这是由于进回油孔的节流作用而引起的。理论上讲,当柱塞上端面关闭进油孔时,才开始压油。实际上当柱塞上端面还未完全关闭油孔时,由于节流作用,此时流通节面很小而时间很短,被柱塞挤压的燃油由于惯性作用,来不及通过回油孔流出,致使在油孔关闭之前,供油已开始,出油阀提早开启。同理,供油终了时,在回油孔开启后若干度内,由于节流作用,泵油室内燃油不能立即流出,仍维持较高压力,继续供油。出油阀延迟关闭,转速越高,节流作用越强,供油开始得越早,结束得越迟。由于供油时间随转速的上升而增加,所以供油量随转速的上升而增加。这就是油泵的速度特性。

柴油机的负荷变化是靠改变供油量来实现的,为了充分利用进入汽缸的空气,获得尽可能大的扭矩,希望油泵的速度特性与充气系数、转速的变化而变化,使各转速下的过量空气系数值基本相同。按这种要求确定的油泵速度特性,对一定的速度范围,供油量应随转速的降低而较快增加,以提高柴油机适应阻力变化的能力。为实现油泵速度特性满足上述要求,须对油泵进行改造,即增加调速装置。而调速装置只能在柴油机的负荷改变时才起作用,在匀速运转时,供油随转速变化而变化的性能不会因为调速器有丝毫改变。

4. 燃油的喷雾特性

将燃油喷散成细粒的过程称为燃油的喷雾(或雾化)。燃油雾化可以大大增加其蒸发表面积,加速混合气的形成。例如:1ml的油量如果是一个球形则直径为9.7mm,表面积为245mm²,如果喷雾成直径为40u的均匀油滴,油滴总数2.99×10⁷个,表面总面积为15×10⁵(mm²)。这样由于雾化,表面积增加了5090倍。这样就使得燃油的蒸发速度大大提高,混合气形成的时间大大缩短,给燃烧创造了很好的条件。

当燃油高速从喷油孔喷出(喷出速度在100～300m/s范围),

便形成如锥体状的喷注,喷射的燃油在压缩空气中高速运动,由于空气阻力及空气高速流动时的内部扰动而被粉碎成细小的油滴。在圆锥体的中心部分是油粒密集且有很大的高速度的粗油滴,愈向外围,油滴越细,速度越小,外部细油粒最先蒸发并与空气混合。

喷注本身的特征可用以下基本参数表示:

(1)喷注的射程(也可称贯穿距离)L

喷注射程表示喷注前端在压缩空气中贯穿的深度。根据混合气形成方法对喷注射程提出不同的要求,它必须与燃烧室的结构相配合,如果燃烧室尺寸小而射程大,就会有较多的燃料喷到燃烧室壁上。如果贯穿深度不够,燃料不能很好地分散到燃烧室空间,就会使混合气不均匀,从而给燃烧造成困难。

(2)喷注锥角

喷注锥角标志着油束的紧密成度,锥角大则油柱松散,形成的油粒细。它与喷孔的尺寸和形状有关。

(3)雾化质量

雾化质量是表示燃油喷散雾化的程度,一般是指喷散的细度和均匀度,喷散细度可从油注中油粒的直径来判断,喷注中油粒的平均直径越小,则喷雾越细,对混合气的形成越有利。喷散的均匀度可用最大油粒与最小油粒的平均直径差来判断,直径差越小,则喷雾越均匀。

5. 喷油规律

喷油规律是指单位时间(或转角)的喷油量随时间或转角而变化的关系,用曲线表示其横坐标是时间(ms),或喷油相对上止点前凸轮轴转角(rad)度,纵坐标表示单位时间(或转角)的喷油量即喷油速率(mm^3/s)或(mm^3/rad)。

喷油开始角为 ϕ_1,终点角为 ϕ_2,喷油延续角为 $\phi_2-\phi_1$。ϕ_1 是指喷油器针阀开启向汽缸喷油瞬时到上止点间的曲轴转角,一般称喷油提前角。ϕ_1也就是喷油提前角,对燃烧过程有重要影响。ϕ_2是指针阀落座停止喷油的瞬时至上止点间的曲轴转角。

从喷油始点到喷油终点间的时间间隔,称喷油延续时间(以曲轴转角表示,称喷油延续角)。喷油延续角小,对于一定的喷油量来说,即单位时间喷油量大,虽然可得到较好的油耗和排气烟度,但柴油机工作粗暴。反之,喷油延续角大,使燃烧时间拉长,尽管柴油机工作比较柔和,但功率、油耗、排烟可能变坏。所以,必须严格控制喷油延续角。

一般认为从减轻燃烧粗暴性考虑,在着火延迟期内喷油速度应该小些。而在喷射中后期加大喷油速度,以保证燃烧效率。从总的性能考虑,在噪音和燃烧温度允许的条件下以采用较小的喷油延续角和较高的喷油速率比较有利。

6. 不正常喷射现象

以上所讲的是正常喷射过程。有时也会遇到不正常喷射情况,如在高速运转或燃油系统参数选择不当的情况下,高压油管中出现不正常的压力波,以致影响喷油器产生各种不正常的喷射现象。

(1)二次喷射

即在喷射终了、喷油器的针阀落座后,由于高压管路中压力波的影响,针阀有可能二次升起,形成所谓二次喷射现象。二次喷射使整个喷射延续时间拉长,补燃严重,柴油机经济性下降,零件过热。而且二次喷射是在燃油压力较低的情况下喷射的,这部分燃油雾化不良,燃烧不完全,排烟增加,并易引起喷孔积碳,因此应力求消除二次喷射。在使用过程中,如果发现柴油机油耗量增大,排气温度增高,喷油嘴积碳,就有可能是二次喷射引起的。

(2)断续喷射

在喷射过程中,如果在某一瞬时进入喷油嘴的燃油量比喷出的燃油量与补充针阀上部空间的燃油量之和还要小时,则喷孔附近的燃油压力必趋减小,产生稀疏反射波,使喷油嘴的燃油压力降低,因而针阀落座。当针阀落座后,进入喷油嘴的燃油量又多于喷出量,喷孔处又产生密集波,油压升高,针阀重新举起,这样便产生了断续喷射现象。有了断续喷射,原应一次喷入汽缸的燃油分成几次断续喷入汽缸,虽不拉长总的喷射时间,也不一定使雾化变坏,但由于针阀运动次数增长,喷嘴容易磨损。断续喷射常发生在低速或小负荷时,尤其是怠速小负荷时。

(3)隔次喷射

低速小负荷时供油很小,如果喷油器弹簧压力高,高压油管容积或出油阀减压容积较大时,当第一次喷射后高压油管的剩余压力很低,下一次供油量又很少,高压系统的压力达不到针阀开启所必须的压力,油被压缩贮于油管中,到第二次循环时针阀才被开启,两次供油量一齐喷出,系统中燃油压力又恢复到供油前的残余压力。这种隔一次喷一次油的现象称为隔次喷射。其后果是造成柴油机怠速运转不稳定,限制了柴油机的最低稳定转速。不正常的喷射主要由压力波造成,为减弱其影响,应尽量减少高压容积,其方法是缩短高压油管的长度,加强出油阀的作用。多缸柴油机中各缸高压油管长度要尽量一致,只有这样才能保证各缸有相同的喷油规律。

三、混合气的形成及燃烧

燃烧室结构对燃烧有关键性的影响,而其结构形式又与混合气形成密切相关。柴油机混合气形成是依靠两方面的作用:一是燃料的喷雾。除了前面述及的喷注特性对混合气形成有重要影响外,还有喷注分布与燃烧室压缩气流的配合情况。喷雾不良和喷注与压缩气流配合不当都会引起燃烧恶化,排气冒烟,燃烧室积碳等。二是组织空气运动。空气运动可以促使喷注分散增大混合范围，加速混合气形成。

根据混合气形成方式和结构特点，柴油机燃烧室基本上可分为两大类，直接喷射式燃烧室和分隔式燃烧室。各种燃烧室经过长期发展，在结构、工作原理及性能上各有特点。由于我们这里探讨的不是发动机性能的改进，而探讨的是发动机性能的应用，所以这里不详细介绍燃烧室的结构、混合气的形成等问题，我们这里只介绍不同燃烧室发动机的优缺点及不同的性能，好使我们在使用中避免其缺点，发挥其优点，使用得心应手，以提高动力性与经济性。

1. 直喷式燃烧室的优缺点

其优点是：结构简单，相对散热面积小，可以获得较高的经济性，尤其是全负荷燃油消耗率低，由于散热面积小，压缩终点温度容易建立，压缩比 ω 可以较低，ω 约为 15～17。所以低温启动性好，不加辅助装置在 -15～-5℃温度下，数秒钟即可启动。

缺点是：滞燃期内形成的可燃混合气量较多，着火后压力升高率和最大爆发压力较高，工作比较粗暴，过量空气系数值又较大，对转速变化较敏感。排气污染较大，比分隔室式大 1/2～1/3。

2. 涡流式燃烧室的优缺点

其优点是：由于强烈的空气涡流运动，保证了较好的混合气质量，空气得到较充分的利用，因此，过量空气系数可以较小，一般 $\alpha = 1.2$～1.3，最低可达 1.1。平均有效压力较高。

这种燃烧室对喷雾质量要求不高，针阀开启压力较低，为 9800～12 000kPa，降低了对燃油供给系统的要求。

对转速变化不敏感。当转速升高时，气流的涡流运动也加强，因此高速性好。一般适用转速在 3000～4000r/min，最高可达

5000r/min，广泛应用于小型高速柴油机上。

由于利用的是压缩涡流，涡流式燃烧室对进气道没有特殊要求与限制，对减小进气阻力，提高充气系数有利。它的压力升高率较低，运转比较平稳。排气污染小，使用性能稳定。

缺点是：相对散热面积较大，而且与冷却水接触，致使热损失较大，气流通过通道，由于节流作用，流动损失较大。因此，耗油率较高，经济性不如直喷式燃烧室式发动机。冷启动困难，除对压缩比要求较高外，还需要一定的辅助装置。其压缩比 ω 为 17～22。涡流室通道经常有高温燃气流动，通道口热负荷很重。容易引起热裂等毛病，影响柴油机工作的可靠性。

3. 预燃室式燃烧室的优缺点

主要优点是：预燃室与主燃烧室连接的通孔面积小，气体通过时产生强烈的节流作用，使主燃烧室压力上升缓慢，压力升高率 $\Delta p/\Delta\phi$ 及最高压力 P_t 值较低，在相同功率下比直喷式小 25％～30％，所以工作柔和、噪声小。

预燃室式燃烧室混合气形成主要依靠压缩涡流，对燃油系统的要求低，对转速及燃油品质不敏感。所以燃油系统工作可靠，喷油嘴寿命较长，对喷油时刻不敏感，适用于多种燃料。

主要缺点是：燃烧室内存在无组织、无规律、消耗能量较大的空气紊流运动。流动损失较涡流室式大。而且散热面积大，散热损失也较大。故经济性差，燃油消耗率高，比直喷式高 5％～15％，是预燃室式燃烧室的主要缺点，这个缺点同时也造成冷启动困难，需要启动辅助装置。

当发动机转速较低时，流入预燃室的气体速度降低，油束贯穿力增加，相当多的燃油在着火前已进入主燃烧室，致使燃烧初期燃烧的油量增多，压力升高率大。因此，预燃室柴油机在高转速时运转平稳，转速低时，燃烧噪声增加，惰转时噪音更大。

4. 运转因素对燃烧过程的影响

(1)燃料性质的影响

柴油的十六烷值和馏程是影响燃烧的重要因素。十六烷值高的燃油着火性能好,可以缩短着火延迟期。馏程表明燃油的蒸发性。馏程低的燃油,易于蒸发和空气混合,缩短着火的物理准备时间。

根据有关部门的研究,国家规定十六烷值应该(10～−10 号柴油)不小于 59、−20(46、−35、−50 号应不小于 45)。如果有了合适的十六烷值是否就万事大吉了? 当然不是,如果柴油的蒸发性不好,会造成柴油来不及蒸发,在高温下裂解成炭烟的现象。反之,如果燃油的馏程较低,而十六烷值不合适,也会使着火延迟期延长,造成着火延迟期大量混合气一起燃烧,使柴油机工作粗暴。这些知识我们在后面的汽车运行材料的选择、使用上会做详细介绍。

(2)供油提前角的影响

供油提前角是指柱塞关闭进油孔瞬时(即开始供油)至上止点之间的曲轴转角。影响燃烧过程的主要是喷油提前角。

供油提前角对发动机性能有很大影响。不适宜地增加供油提前角,燃料将喷入压力和温度都不够高的压缩空气中,使着火延迟期增长,压力升高率和最大压力值上升,柴油机工作粗暴,并且使得怠速不良,启动困难。过大的供油提前角还会增加压缩负功,使油耗增加,功率下降。如果供油提前角过小,则燃油不能在上止点附近燃烧,补然增加,虽然压力升高率和最大压力较低,但排气温度增加,热损失增加,热效率下降。

(3)负荷的影响

在柴油机上,当负荷增加时,循环供油量增加(空气量不变或者由于发动机转速的降低空气量减少),造成过量空气系数减小,单位容积内混合气燃烧放出的热量增加,引起缸内温度上升,着火延迟期缩短,柴油机工作柔和。

但是,由于循环供油量大,喷油延续角增加,使总的燃烧过程延长,不完全燃烧增加,热效率降低。

负荷过大,过量空气系数 α 值会变得很小,因空气不足,燃烧恶化,排气冒黑烟,柴油机的经济性和动力性会进一步下降。

(4)转速的影响

转速升高时,由于散热损失和活塞环的漏气损失减小,压缩终点的温度、压力增高;同时使喷油压力升高,改善燃油的雾化,这些都使着火延迟期缩短。

一般来说,转速增加,空气涡流运动加强,有利于燃油的蒸发、雾化。但转速较高时由于充气数下降,过量空气数又减小,燃烧过程所占的曲轴转角加大,热效率会下降。转速过低也会由于压缩空气的涡流和进气流减弱,使热效率下降。

四、从混合气的形成、燃烧、燃油的喷射与雾化看操作方式与油耗

1. 起步、加速方式、油耗与燃烧的关系

在发动机保养好、技术状态良好的前提下。起步加速的方式与耗油量有怎样的关系呢? 我们先从排气冒烟的原因谈起:在前面我们谈到柴油机的燃烧时,有一小节谈的是排气冒烟,排气为什么会冒烟呢? 当我们开车带着负荷突然加速时,如果油门踩得过大,根据柴油机的供油方式,会出现什么现象呢? 首先供油量会很快增大,但在供油量增大的同时进入汽缸的空气是否会很快增加呢? 由于此时发动机带着负荷,转速较小,进入汽缸的空气量是不会随着供油量的增加而迅速增加的,这就会由于空气不足,燃油与

空气不能很好地混合,造成混合气过浓。过浓的混合气在高温缺氧的情况下进行燃烧会产生一种中间产物 C—C、C—H,这种中间产物进一步裂化聚合生成碳粒,这些碳粒氧化速度较慢,抑制了燃烧过程的进行,使燃烧时间相比于正常的燃烧时间长得多。由于这些现象的出现,发动机并不能随着供油量的增加,而使输出扭矩很快增加,同时也不能使汽车速度有较快的提高。相反,它只能使排气温度升高,缸内沉积物增加。由于供油量的升高,而燃油又没有能做相应的功。所以,耗油量增加不少,路却没有跑出来。

我们怎样操作能消除或者减少这种现象呢? 在笔者驾车的过程中通过总结,应该做到少踩油门,只要供的油够起步所需的动力需要,能够做到平稳起步就行了。在起步以后的提速过程中,也应该采取少给油缓慢提速的方式,直至达到正常行驶速度为止。可概括总结为慢起步,缓加速。采取这种操作方式,再加上前面章节讲的把握换挡时机与换挡方法,耗油量就会有明显的降低,并使自己汽车的故障率显著降低。

2. 油泵速度特性、油门控制与匀速行驶时的耗油量的关系

当我们驾驶汽车,经过起步、加速过程以后,一般在路面情况良好的状态下,就进入了正常的匀速行驶状态。在匀速行驶时我们怎样做才能省油呢?

由柴油机供油系统高压油泵的速度特性我们知道:当我们油门踩到一定位置时,油泵油量控制机构(齿条或拉杆)的位置也就相对固定了,当油量控制机构位置固定以后,由于进、回油孔的节流作用,每循环的供油量随着发动机转速的提高而增加。理论上当柱塞上端面关闭进油孔时才开始压油,实际上当柱塞上端面还未完全关闭进油孔时,由于柱塞与油的惯性作用,出现节流现象,此时由于流通面积极小,而时间很短,燃油来不及从油孔流出。同理,供油终了时。在回油孔开启若干度后,由于油流的惯性,泵油

室中燃油不能立即流出,仍将保持较高压力,出油阀延迟关闭。由于这些现象,供油量相对于发动机当时的负荷和转速会比发动机所需的供油量大,而这点多供的燃油又不能使发动机的动力有明显的增加,它只能使发动机在第一阶段燃烧时出现很微弱的爆震,在补燃期内使补燃期延长,排气温度升高的现象,而不能使驾驶者感觉到汽车有提速的现象出现,这样就会使匀速行驶时的耗油量远远大于标定耗油量。

我们在操作时,利用怎样的操作手法,才能把这部分多烧而又没有产生经济效益的燃油节约下来呢?当我们将汽车经过起步、提速过程,稳定在某一速度匀速行驶时,为了减少由于油泵速度特性产生的多余供油量减少下来,我们不妨试着将油门慢慢少量抬起,抬到汽车不减速为原则。此时就会基本消除由于油泵速度特性产生的多余供油量,甚至低于发动机在此转速下应有的供油量。这样我们就会使匀速行驶下的油耗远远低于标定的油耗。笔者把这种操作方式叫做飘油门。

3. 发动机结构的变化,燃烧、行驶阻力产生变化时的操作方式油耗

在过去,由于供油系统、发动机燃烧、柴油的性质的关系,发动机设计转速较低。同时发动机最大的扭矩转速也较低。如过去的CA10B、EQ6100、135、120 等发动机的最大扭矩转速都在 1200r/min 左右,而公斤马力却比较小。在科研人员的不断努力下,经过几十年的发展,发动机的升功率和公斤马力得到了很大的提高,热效率同时也提高了很多,在提高的同时为了适应这种变化,而又不使发动机出现不良反应。如:因为发动机转速的提高,活塞速度过快,使发动机故障率升高,寿命缩短等现象发生。同功率发动机的最大扭矩降低。发动机的最大扭矩转速随之提高。如目前车用柴油机的最大扭矩转速,就由过去的 1200r/min 提高到了 2000～

2500r/min。在这种情况下就给我们在操作方式上提出了新的问题。在我们驾驶扭矩转速较低、发动机扭矩较大的车时，在一段路面上匀速行驶时的发动机转速，一般都大于发动机最大扭矩转速，当路面出现了坡路，阻力增加时，由于车速的降低，发动机转速会从转速较高、功率较大，向转速较低扭矩增大，并向最大扭矩转速靠近。这时，你开车踩着油门不动，汽车不会出现燃烧不完全、动力性很快下降的问题，也不用着急换挡。而现代发动机由于最大扭矩的降低，最大扭矩转速的升高，在匀速行驶状态下，发动机转速很难控制在最大扭矩转速区以上工作。如东风153配康明斯发动机的汽车，当发动机转速1500r/min汽车在5挡上行驶时，车速在60km/h运行。如果要使发动机运行在最大扭矩转速区以上，汽车行驶速度一般在80km/h以上，在我国现有路面和交通情况下很难做到。这样一般情况下发动机均在最大扭矩转速以下工作。这时如果因为行驶阻力增大，随着汽车速度的降低，发动机的输出扭矩也会很快降低。随着输出扭矩的降低，发动机转速会很快下降，进气量明显减少，这时由于调速机构的作用，油门位置的关系，供油量会相对于进气量大很多，使混合气浓度过大，燃烧不完全，发动机动力性和经济性变得很坏。此时如果只减一个挡，由于速度的关系，就不能使发动机恢复到最大扭矩转速区，输出汽车需要的扭矩，只能连续换挡，很容易出现不能使发动机输出最大扭矩克服行驶阻力。再由于换挡不轻便、不及时等原因，坡道停车再起步的问题或者出现汽车后溜等危险状况，同时出现耗油量过高的问题。如何使自己的操作方式适应发动机这种变化，而又不使危险情况出现、汽车的动力性、经济性变坏呢？应该在汽车遇到阻力变化时及时换挡，保持发动机在最大扭矩转速区，使发动机工作在最大的扭矩转速范围，这样就不会因为发动机转速太低、输出扭矩不够、混合气过浓、燃烧不完全，使汽车排黑烟，动力性、经济性变坏。

4. 匀速行驶遇情况减速后,汽车加速的方式与耗油量的关系

在我们驾驶过程中,在现有的路况状态下,很难做到保持一个速度行驶,往往由于交通状况变化,出现不同的减速度。减速后(情况允许加速时)很多驾驶者是采取不做任何处理、直接踩下油门的方式使汽车恢复原来的速度。在行驶中你如果仔细观察,就会发现这种情况存在着普遍性,如当前方遇到情况,同向或逆向行驶的车辆为了安全采取减速措施以后,情况消除需要提速时,你会发现很多车油门很大,排气管冒着黑烟在加速。其实这种方式得不偿失,因为在这种情况下,同样由于前面分析的原因:第一,不能使汽车的速度很快提高,也就是说不能使汽车获得应有的加速度。第二,由于供油量的突然增大,使混合气过浓燃烧状态变坏,油没有完全燃烧,油烧了没有获得经济效益,从而使动力性和经济性变坏。第三,由于燃烧不好,燃烧过后的碳粒附着在燃烧室和活塞环上,如果长时间在这种状况下工作,很容易使发动机出现故障,增加了维修费用。第四,由于燃烧过程的延长使发动机工作温度与排气温度升高、循环恶化、动力性和经济性进一步下降。

我们应该怎样做才能消除这些不利因素呢? 如果车速减得不是太多,在不采取措施给小油门能使车恢复速度时,应该用少给油或者说轻踩油门的方式使汽车恢复速度,如果车速降低得过多应该用减挡加油的方法恢复汽车的速度。

5. 行驶速度与油耗的关系

在正常行驶中,行驶速度的选择与油耗量之间有很大关系,行驶速度选择不当,油耗也会相应提高。

发动机转速较高时。首先,发动机的机械摩擦功增大,耗油量也相应增大。从内燃机燃烧的过程看,随着发动机转速的升高,进气涡流运动加强,有利于燃油的蒸发、雾化和混合气的形成,但转速较高时,进气阻力会有很大的增加,由于进气阻力的增加,进气系数就明显下降,使过量空气系数减少,燃料的燃烧会因氧气的相对不足而变坏。燃烧过程因为蒸发、雾化和混合气的均匀性的好转变得好一点,但燃烧时间不会缩短很多,这样燃料燃烧所产生的高温高压气体做功的时间会因为气门重叠角而降低。由于缓燃和补燃时间的缩短,就造成了燃料利用率的降低,因此热效率降低,造成耗油量升高。所以我们在驾驶过程中,要尽量选择中速行驶,使发动机转速保持在 $1500 \sim 2000 r/min$,以保证发动机的比油耗接近最低比油耗范围。降低油耗,使运输的经济性达到最高。

6. 发动机的保养与耗油量

在前面我们讲柴油机混合气形成与燃烧时,曾经讲过影响燃烧的因素。我们知道,喷油器的雾化质量、燃油喷注角、燃油的喷射规律、进气质量、供油提前角、发动机润滑油的质量及润滑效果等都在影响发动机的燃烧过程,从而影响发动机的热效率,改变发动机的油耗和经济性。由此看来,要想使发动机的经济性和动力性良好,就要保证发动机的燃油雾化质量、燃油喷射角、燃油喷射规律、进气质量、供油提前角、发动机润滑油的质量保持在良好的状态。如果其中任何一项出现问题都会引起燃烧过程和状态的改变,从而影响发动机的动力性和经济性的改变。这就将发动机的保养与适时地调整提到了一个很重要的位置。为了使发动机的动力性和经济性良好,必须随时注意发动机各系统的技术状况,及时发现问题,及时进行调整与保养,保持发动机的技术状态,以保证发动机经济性和动力性的良好。关于润滑油对发动机的影响,在汽车运行材料里面有详细的介绍,这里不再赘述。

7. 燃油质量与耗油量

燃油的十六烷值与馏程对燃烧过程的影响是相当重要的。如果燃油的质量能达到国家的规定标准,那么在发动机技术状况良好的前提下,燃烧过程会很理想。发动机的动力性和经济性也会很好,不然势必影响发动机的燃烧过程,从而使动力性、经济性下降。关于燃油的性能与燃烧过程之间的关系问题,将在汽车燃料里讲到,当然怎样保证燃油的性能与质量,在现在市场经济的环境下,对我们驾驶者来说很困难。笔者在多年的驾驶中,在这方面的教训可谓数不胜数,因此而造成的经济损失也不计其数。在这些年的经验中,笔者的经验就是,加油时尽量不要贪图便宜,要在国家的加油站加油,因为只有这样才能最大程度的保证燃油的质量与性能,在保证汽车的经济性、动力性的同时,使维修保养费用降低。

以上对柴油机的燃烧过程等性能的介绍,以及驾驶操作方式与燃烧过程、节能方面的分析,笔者想能给大家一定的帮助。只要大家在驾驶中不断总结经验,注意操作与发动机性能的适应,节油的效果和经济效益是很明显的。笔者在这方面的体会很深刻。如:笔者在驾驶北京 1045 配朝阳柴油机厂的 4102 柴油机的汽车时,应用良好的操作,在载荷超过标定载荷的 $200\%\sim250\%$,实载率 $60\%\sim70\%$ 的状态下,百公里油耗量平均只有标定油耗(100km/12L)的 $75\%\sim80\%$,也就是说,每百公里油耗在 $9\sim9.5L$。在驾驶小东风配朝柴 6102 发动机的汽车时,超载水平与实载率基本与 1045 车相当的情况下,耗油量也基本保持在 $75\%\sim80\%$,原车标定每百公里耗油量为 19L/100km,每百公里的耗油量降为 15L/100km。在笔者多年驾驶的四五种车型中基本都保持了这种耗油量水平,所以,只要大家做好笔者在本书中介绍的有关内容,降低油耗将基本可以实现,经济效益也会有相当可观的提高。

第二篇　汽车运行材料的正确选择与使用

在汽车的使用中,对运行材料的选用是否正确、使用是否得当,对汽车技术性能的保障、燃油的节约至关重要。如果对运行材料不能正确选用、使用不正确,就会使汽车运行状态变坏而影响汽车的技术性能。长时间的影响将使汽车的技术性能发生不可逆转的变化,甚至给车辆造成运行事故,不只是造成燃油的浪费而且使维修费用增加。如燃料选用不当就会使发动机的燃烧过程不正常,从而使输出功率降低、耗油量升高。润滑油选用不当,如发动机润滑油选用不当会使发动机的搅拌和摩擦损失增加,发动机磨损量增大燃油消耗上升,严重时有可能造成无可挽回的损失。笔者就曾遇到过几次这样的问题,当时在沈阳市一位先生买了一辆汽车配的是三菱发动机,在车行驶了 1 万 km 左右时驾驶员进行发动机保养,保养完的当天驾驶员把车停在朋友的楼下去打牌,大约夜间 12 点左右开车回家,在行驶了 2~3km 时车就开不动了,将车拖到修理厂检查发现是曲轴承与曲轴因缺油抱死了。第二天车主找到服务站要讨个说法。服务站检查后确认是因为发动机润滑油用错所致。由此可见运行材料的正确选择是多么重要,如果当时驾驶员有一定的运行材料知识,这样的事故也就不会发生了。我们应该怎样选用运行材料,怎样做到正确使用。在下面笔者将分别向大家进行介绍。

第一章　汽车用燃料

一、汽油机燃料

汽油是复杂烃类(碳原子数约为 5～12)的混合物,是消耗最大的轻质石油产品之一,是发动机的重要燃料,主要由催化裂化、催化重整等过程的汽油调配而成。沸程 35～205℃。汽油分车用汽油和航空汽油两大类,这里主要介绍车用汽油的相关知识。

(一)车用汽油的主要性能

1. 抗爆性

(1)评定抗爆性的指标

汽油在各种使用条件下抗爆震燃烧的能力称为抗爆性,是汽油最重要的使用性能之一。

评价汽油抗爆性的指标为辛烷值(ON),有研究法辛烷值(RON)和马达法辛烷值(MON)两种,分别表示汽车在低速和高速行驶条件下的抗爆性,为了反映汽车在实际行驶中的抗爆性,还有一种道路法辛烷值,它近似于抗爆指数(RON+MON)/2。

(2)汽油的抗爆性与化学组成的关系

汽油的辛烷值越高,抗爆性越好。对于同族烃类,其辛烷值随相对分子量的增大而降低。相对分子量相近时,各族烃类抗爆性优劣顺序大致如下：芳香烃＞异构烷烃和异构烷烯烃＞正构烷烃及环烷烃。

同一种原油蒸馏得到的直馏汽油馏分，其终留点温度越低、抗爆性越好。不同原油的直馏汽油馏分由于化学组成不同，其辛烷值有较大差别。例如：大庆原油的直馏汽油馏分由于其正构烷烃的含量较高，其辛烷值很低，马达法辛烷值（MON）只有37。而欢喜岭原油的直馏汽油馏分由于含异构烷烃和环烷烃较多，其辛烷值较高，马达法辛烷值（MON）可达60。

商品汽油一般由辛烷值较高的催化裂化汽油和催化重整汽油及高辛烷值的组分（烷基化油和甲基叔丁基醚等）调合而成。目前我国车用汽油的主要组分是催化裂化汽油，因含有较多的芳香烃、异构烷烃和烯烃，所以其抗爆性较好，研究法辛烷值接近90。但是，由于芳香烃和烯烃的性质关系，含较多芳香烃和烯烃的汽油在使用中很容易给发动机造成损害。

2. 蒸发性

蒸发性指汽油在汽化器中蒸发的难易程度，它对发动机的启动、暖机、加速、气阻，燃料耗量等有重要影响。汽油蒸发性能由其馏程和饱和蒸气压指标来评定。

（1）馏程

馏程是指油品从初馏点到终馏点的温度范围，汽油的馏程能大体表示该汽油的沸点范围和蒸发性能。其主要蒸发温度的意义如下：

①10%蒸发温度（T_{10}），是判断汽油中低沸点组分的含量，它反映发动机燃料的启动性能和形成气阻的倾向。其值越低，则表明汽油中所含低沸点组分越多，蒸发性越强，启动性越好，在低温下也具有足够的挥发性以形成可燃混合气而易于启动。但若过低，则易于在油管中形成气泡而影响油品输送，即形成气阻。

②50％蒸发温度（T_{50}），表示汽油的平均蒸发性能，它影响发动机启动后升温时间和加速性能。汽油的50％馏出温度低，在常温下便能较多地蒸发，从而能缩短汽油机的升温时间，同时，还可使加速灵敏，运转柔和，如果50％蒸发温度过高，当发动机需要由低速转换为高速时，供油量急剧增加，汽油来不及完全汽化，导致燃烧不完全，严重时甚至突然熄火。

③90％蒸发温度（T_{90}）和终馏点（或干点），表示汽油中重组分含量的多少。如该温度过高，说明汽油中含有重组分过多，不易保证汽油在使用条件下完全蒸发和完全燃烧。这将导致汽油机汽缸内积碳增多，耗油率上升；同时蒸发不完全的汽油还会沿缸壁流入曲轴箱，使润滑油稀释而加大磨损。

（2）饱和蒸气压

汽油的饱和蒸气压是用雷德蒸气压测定的。它是衡量汽油在汽油机燃料供给系统中是否易于产生气阻的指标，同时还可相对衡量运输中的耗损倾向。汽油的饱和蒸气压越大，蒸发性越强，发动机就容易启动。但蒸气压过大，将使汽油在油管中过早气化，导致气阻不能通畅供油，蒸发损耗及火灾危险性也越大。标准中规定的汽油的10％蒸发温度和饱和蒸气压，既保证了发动机启动，又可防止气阻产生。

3. 汽油的安定性

汽油在常温和液相条件下抵抗氧化的能力称为汽油的氧化安定性，简称安定性。

安定性好的汽油，在储存和使用过程中不会发生明显的质量变化，安定性差的汽油，在运输、储存及使用过程中会发生氧化反应，生成酸性物质，黏稠的胶状物质，使汽油的颜色变深，导致辛烷值下降且腐蚀金属设备。汽油中生成的胶质较多时，会使发动机油路阻塞、供油不畅、混合气变稀，气门被黏着关闭不严，在现代较先进的屋脊式燃烧室式发动机中不光是使气门关闭不严的问题,严重时会造成气门与活塞相撞、发动机报废的恶劣后果发生。还会使燃烧室积碳增加,导致散热不良而引起爆震和早燃等,沉积于火花塞上的积碳,有可能造成点火不良,甚至不能产生火花。以上原因都会引起发动机工作不正常,增大油耗。

表 2-1 为国家标准对车用汽油的质量要求。除里面所述的各种车用汽油要求以外,还对汽油提出了机械杂质及水分、苯含量、芳香烃含量、烯烃含量等清洁性要求。

表 2-1　车用无铅汽油的质量标准

项　目	质量指标			试验方法
	90 号	93 号	95 号	
抗爆性:研究法辛烷值(RON)不小于	90	93	95	GB/T5487
抗爆性指数(RON＋MON)/2 不小于	85	88	90	GB/T503
铅含量/(g・L^{-1}) 不大于	0.005			GB/T8020
馏程　10%蒸发温度/℃　不高于	70℃			GB/T6535
50%蒸发温度/℃　不高于	120℃			
90%蒸发温度/℃　不高于	190℃			
终馏点/℃　不高于	205℃			
残留量/%(V/V)	2			
蒸气压力/kPa 从 9 月 16—3 月 15 日不大于	88			GB/T8017
从 3 月 16—9 月 15 日不大于	74			

项　目	质量指标			试验方法
	90 号	93 号	95 号	
实际胶质（mg·100ML^{-1}）不大于	5			GB/T80189
诱导期/min　不小于	480			GB/T8018
硫含量%　不大于	0.08			GB/T380
硫醇硫（需满足下列条件之一）博士试验	通过			SH/T0174
硫醇含量/%　不大于	0.001			GB/T1792
水溶性酸或碱	无			GB/T259
机械杂质、水分	无			目测
苯含量/%（V/V）　不大于	2.5			ASTMD3606—1996
芳香烃含%（V/V）　不大于	40			GB/T11132
烯烃含量　不大于	35			GB/T11132

（二）清洁汽油

随着全球汽车产业的发展,我国的汽车工业也正以相当快的速度发展,有关资料显示我国汽车保有量平均以 12% 的速度增加,机动车排放污染已经成为中国空气污染物的主要来源之一。为从根本上改善汽车尾气污染,各国纷纷制定日益严格的汽车排放标准及燃料标准。目前一些国家和地区的清洁汽油标准见表2-2,表2-3。

表 2-2　各国清洁汽油标准及世界燃料规范的主要技术要求

国别	美国	中国		世界燃料规范		
标准号	AA、MA	GB17903—1999		I	II	III
号	新配方汽油	90	93　95	95	95	95
铅含量/(g·L^{-1})		0.005		0.13	未检测出	未检测出
锰含量/(g·L^{-1})		0.018		不允许加入	不允许加入	不允许加入
铁含量（g·L^{-1})		0.01		未检测出	未检测出	未检测出
磷含量（g·L^{-1})		—		未检测出	未检测出	未检测出
硫含量/%	0.10	0.08		0.10	0.02	0.003
苯含量/%(V/V)	1.0	2.5		5.0	2.5	1.0
芳香烃含量/%(V/V)	27	40		50	40	35
烯烃含量/%(V/V)	10	35		—	20	10
氧含量/%(V/V)	2.7	2.7		2.7	2.7	2.7
清洁剂	必须加入	推广加入				

表 2-3　清洁汽油主要技术指标分析

技术指标	技术指标要求的意义
辛烷值	适应发动机压缩比要求,提高发动机功率和经济性
硫含量	硫的燃烧产物 SO_X,不仅污染大气,而且会使尾气催化转化器的催化剂中毒,使汽车尾气中的 CO、CH 及 NO 排放增加,同时硫还影响先进在线催化剂监测系统的应用
烯烃含量	烯烃是热不稳定的物质,在发动机供油系统、喷油嘴、进气门和汽缸内部都可以形成胶质和积碳或沉淀,导致发动机效率下降,尾气排放污染增加。汽油中的烯烃如果挥发到大气中,遇光易生成臭氧,而且它的燃烧产物会形成有毒的双烯。降低燃料中的烯烃可明显减少潜在臭氧的形成
芳香烃含量	燃料中的芳香烃特别是重芳烃,可以增加发动机形成沉积物特别是燃烧室沉积物(CCD),从而增加汽缸的积碳。芳香烃燃烧后可导致尾气中形成致癌性物质苯,芳香烃含量增加,排放的苯也增加,芳烃含量增加还导致尾气排放污染增加,降低汽油中芳烃含量可以大幅度降低尾气中 CO、CH 和 NO 的排放量,从而减少臭氧生成
苯含量	苯是人类已知的致癌物质,是一种明显的毒性物质,不论是汽油中所含的苯,还是在汽车燃烧中所形成的苯,都会严重污染空气,应尽量去除
挥发性	降低汽油蒸气压,即减少汽油中轻烃的含量,可明显降低烃类排放。研究表明 T_{50} 和 T_{90} 有最佳值(最佳值时可达较低的尾气排放)。将汽油 T_{90} 温度控制在 $135\sim150℃$,可明显改善燃烧状况,减少排放中的烃化物及减少进气门处的沉积。因此各国新汽油配方中都有降低 T_{90} 温度或汽油干点的趋势

技术指标	技术指标要求的意义
含氧化物	在汽油中加入含氧化合物(如 MTBE、TAME、乙醇、甲醇)除可以提高汽油辛烷值外,还对控制汽车排放尾气中的有毒物质有帮助。醚烃可以提供低挥发性氧。随着汽油中氧含量的增加,排气中 CO 减少,未燃烧烃类(CH)减少。这种作用在化油器车上比较明显,但在可以自动调控空燃比的电控喷射系统,好处就不那么突出

即使好的汽油也会产生沉积物,它将使排放增加,并影响发动机运转性能;在汽油中加入添加剂后可大大降低沉积物的生成。主要添加剂有:①化油器清净剂;②喷油嘴清净剂;③进气门清净剂;④燃烧室沉积物清净剂。铅、锰、磷会在尾气催化转换器中沉积,降低催化剂活性。由铁剂产生的氧化铁沉积到火花塞上可降低火花塞90%的寿命,因此禁止使用铁剂来增加辛烷值

(三)车用乙醇汽油

1. 车用乙醇汽油简介

(1)车用乙醇汽油的定义

车用乙醇汽油是将一定量变性燃料乙醇(一般是 10%,称为 EID)加入不加含氧化合物的汽油组分中,同时加入改善其使用性能的相应添加剂调和而成的一种新型环保燃料。

(2)车用乙醇汽油与车用无铅汽油的差异

车用乙醇汽油与车用无铅汽油的主要差异是车用乙醇汽油中加入了变性乙醇。由于车用乙醇汽油是一种特殊产品,为保证汽车正常行驶,国家标准化管理委员会负责组织制定的《车用乙醇汽油》(GB18651—2004)强制性国家标准已于 2004 年 4 月 30 日起

开始实施。该标准规定变性燃料乙醇在车用乙醇汽油中加入量为10%（体）±2.0%（体），水分不大于 0.02%，含氧化物不大于0.1%（体），不得人为加入甲醇，车用乙醇汽油的其他指标则要求与车用无铅汽油（GB17903—1999）一致。

（3）使用车用乙醇汽油的优点

①减少排放

车用乙醇汽油含氧量达 35%，使燃料燃烧更加充分，据国家汽车研究中心所作的发动机台架试验和行车结果表明，使用车用乙醇汽油，在不进行发动机改造的前提下，动力性基本不变，尾气排放的 CO 和 CH 化合物平均减少 30% 以上，有效的降低和减少了有害尾气的排放。

②动力性好

乙醇辛烷值高（RON 为 121），可采用高压缩比提高发动机的热效率和动力性。加上其蒸发潜热大，可提高发动机的进气量，从而提高发动机的动力性。

③积碳少

因车用乙醇汽油的燃烧特性，能有效的消除火花塞、燃烧室、气门、排气管、消声器部位的积碳的形成，避免因积碳形成而引起的故障，延长部件使用寿命。

④使用方便

乙醇在常温下为液体，操作容易、储运方便。与传统的发动机有继承性，特别是使用乙醇汽油混合燃料时，发动机结构变化不大。

（4）车用乙醇汽油的缺点

①蒸发潜热大

乙醇的蒸发潜热是汽油的 2 倍多，蒸发潜热大会使乙醇类燃料低温启动和低温运行性能恶化，如果发动机不加装进气预热系统，燃烧全醇燃料时汽车难以启动。但在汽油中混合低比例的醇，由燃烧室壁供给液体醇以蒸发热，蒸发潜热大这一特点可成为发动机热效率和冷却发动机的有利因素。

②热值低

乙醇的热值只有汽油的 61％，要行驶同样里程，所需燃料容积要大。乙醇尽管热值较汽油小得多，但由于含氧量较高，其理论混合气热值与汽油接近，因此，乙醇可以作为汽油机燃料使用，而且其动力性可以接近使用汽油的发动机。

③易产生气阻

乙醇的沸点只有 78℃，在发动机正常工作温度下，很容易产生气阻，使燃料供给量降低甚至中断供油。

④腐蚀金属

乙醇在燃烧过程中会产生乙酸，对汽车金属特别是铜有腐蚀作用。有关试验表明，在汽油中乙醇含量在 10％ 以下时，对金属基本没有腐蚀，但乙醇含量超过 15％ 时，则必须添加有效的腐蚀抑制剂。

⑤与材料适应性差

乙醇是一种优良的溶剂，易对汽车密封橡胶及其他合成非金属材料产生一定的轻微腐蚀、溶胀、软化或龟裂作用。

⑥易分层

乙醇易于吸水，车用乙醇汽油的含水量超过标准指标后，容易发生液相分离，影响使用。车用乙醇汽油的储运周期只有 4～5 天，因此必须改造建设专供车用乙醇汽油使用的储罐、槽车、调和与加油设施。

2. 车用乙醇汽油的牌号

按国标 GB18351—2004《车用乙醇汽油》规定，我国车用乙醇汽油目前有四个牌号，分别是 90 号、93 号、95 号和 97 号，与车用无铅汽油一样，其牌号是按研究法辛烷值大小来划分的，数值越大，表示车用乙醇汽油的抗爆性越好。车用乙醇汽油的质量标准见表 2-4。

表 2-4　车用乙醇汽油（GB18351—2004）

项　目	质量指标				试验方法
	90 号	93 号	95 号	97 号	
抗爆性： 研究法辛烷值（RON）　不小于 抗爆指数（RON＋MON）/2 不小于	 90 85	 93 88	 95 90	 97 报告	GB/T8457 GB/T503 GB/5487
铅含量（G/L）　不大于	0.005	0.005	0.005	0.005	GB/T8020
馏程/℃ 10％馏出温度　不高于 50％馏出温度　不高于 90％馏出温度　不高于 终馏点　不高于 残留量/％（体）　不大于	 70 120 190 205 2	 70 120 190 205 2	 70 120 190 205 2	 70 120 190 205 2	GB/T6535
蒸汽压/kPa 从 9 月 16 日至 3 月 15 日从 3 月 16 日至 9 月 15 日	88 74				GB/T8017
实际胶质/（mg/100ml）　不大于	5				GB/T8019
诱导期/min　不小于	480				GB/T8018
硫含量/％　不大于	0.08				GB/T380
硫醇（满足下列条件之一） 博士试验 硫醇硫含量/％　不大于	 通过 0.01				SH/T0174 GB/T1792
铜腐蚀（50℃、3h）/级别　不大于	1				GB/T5096
水溶性酸或碱	无				GB/T259
机械杂质	无				目测
水分/％　不大于	0.20				SH/T0246
乙醇含量/％（体）	10.0±2.0				SH/T0663

项　目	质量指标				试验方法
	90 号	93 号	95 号	97 号	
其他含氧化合物/% 不大于	0.1				SH/T0663
苯含量/%(体) 不大于	2.5				SH/T0693、SH/T0713
芳香烃含量/%(体) 不大于	40				GB/T11132 SH/T0714
烯烃含量/%(体) 不大于	35				GB/T11132 SH/T0741
锰含量/%(体) 不大于	0.018				SH/T0711
铁含量/%(体) 不大于	0.010				SH/T0721

3. 车用乙醇汽油的正确选用

车用乙醇汽油的选用与车用无铅汽油一样,主要是根据发动机的压缩比。发动机的压缩比越高,所需使用的汽油牌号越高,其原则是:

压缩比在 8.0 以下的发动机,选用 90 号车用乙醇汽油;

压缩比在 8.0～8.5 之间的发动机,选用 93 号车用乙醇汽油;

压缩比在 8.5～9.5 之间的发动机,选用 93 号、95 号车用乙醇汽油;

压缩比在 9.5～10.5 之间的发动机,选用 97 号车用乙醇汽油。

4. 使用前需要对车辆进行相应调整

(1)使用车用乙醇汽油前需要对车辆进行相应调整

①彻底清洗燃油系统和油箱。这是在使用乙醇汽油前所必须做的一项工作。醇类燃料具有较强的清洗作用,在使用初期,会把原来附着在油箱壁上,或沉积在油箱底部的胶质、铁锈、杂质等清洗下来,混入油中,由油管吸入油路,造成汽油滤芯、化油器、电喷车的喷油嘴、电喷车的汽油泵滤网等被杂质阻塞。同时,甲醇和乙醇具有亲水性,可以任意比例与水混合。在首次加入甲醇或乙醇汽油时,积存在油箱底的水就会与甲醇或乙醇汽油混合,造成油品分层,出现不易点火现象,影响发动机的正常工作。

②更换燃油系统中易变形的泡沫塑料质的油浮子,换成不易变形的不锈钢质或铜质的油浮子;对汽油泵的泵膜要及时检查,更换橡胶垫圈要选用耐溶胀的橡胶件。

③调整点火时间对低比例燃烧的乙醇汽油或甲醇汽油,因不提高发动机的压缩比,醇类燃料燃烧速度慢和高辛烷值等特点,应对发动机点火提前角略作提前调整,一般调整量为 $2°\sim5°$。

④调整怠速:根据车型、车辆的不同使用特点进行实车调整。

⑤调整可燃混合气的混合比:醇类燃料的热值比汽油低,甲醇、乙醇和汽油的低热值分别为 20.1MJ/kg、27.37MJ/kg 和 44.39MJ/kg。甲醇空气、乙醇空气和汽油空气的理论混合气热值分别为 3.56MJ/m³、3.66MJ/m³ 和 3.82MJ/m³,若不加大燃料供给量,不仅动力性下降,其他性能也会受影响,因此,应适当调浓可燃混合气的混合比,以提高车辆动力性和经济性。

对于电子控制汽油喷射发动机,第③和第⑤项,除了是分电器点火的以外,一般是无法调整的,如果必须调整,也只能由电控系统生产厂家进行。

(2)在使用初期,应加强车辆的保养与维护

在使用乙醇汽油前对油路的清洗未必能十分彻底,仍有可能有少量残存的杂质进入油路。因此,要在使用乙醇汽油后的短期内,对车辆再进行一次检查清洗。

①对油路系统再进行一次清洗,去除杂质。

②对汽油泵进行清洗:电动汽油泵的进油口滤网,是油品进入供油系统的第一道关口,如油品中杂质含量过多,汽油泵的滤网就有先被堵塞的可能,造成吸不进油使油泵空转。油泵长时间空转会使油泵出现干磨而失效,电动汽油泵是靠汽油来冷却的,也会因空转将油泵烧坏失效。在滤网堵塞严重时,因供油压力降低使车辆不能正常运转。

③检查油箱盖的空气阀:油箱盖上的空气阀,其作用同呼吸阀的原理。当油箱内的油料逐渐用掉时,随着油箱内油面的下降,油箱内的压力降低,这时油箱盖上的空气阀打开吸入空气,平衡油箱内的压力。反之,当天气较热时,油箱内的部分油料蒸发成气体,压力升高,超压的气体经油箱盖上的空气阀排出,若空气阀堵塞,或橡胶垫的材料质量不适应,引起溶胀,黏连现象使空气阀不能自动打开出现负压,或压力较高,就有可能出现不供油或者因压力过高出现油位指示不准,油箱因压力较高膨胀变形。

排除的方法是:打开油箱盖使空气进入排除负压或放掉汽油蒸气。

对于电子控制汽油喷射发动机来说,由于防止空气污染的要求,油箱的汽油蒸气不能排到大气中,油箱盖是单向阀只能进气不能排气。汽油蒸气通过碳罐、碳罐电磁阀吸到进气管烧掉,因此,既要检查油箱盖又要检查碳罐、碳罐电磁阀及从油箱到发动机的汽油蒸气管路是否畅通,性能是否良好。

(3)车用乙醇汽油和车用无铅汽油的混用

使用车用乙醇汽油的车辆,可以加入同牌号的车用无铅汽油,但应选择中石化、中石油等信誉好、质量有保证的加油站加油。避免加入含水车用无铅汽油和假冒伪劣油品,造成车辆不能正常运转。

5. 使用车用乙醇汽油的常见问题

（1）出现气阻

尽管醇类燃料在 38℃时的饱和蒸气压比汽油低得多（汽油为 74～88kPa、甲醇为 32kPa、乙醇为 17kPa），但醇类燃料的沸点低（甲醇为 65℃，乙醇为 78℃），在超过其沸点温度的高温条件下蒸气压会迅速增大，加上醇类燃料和汽油混合会形成二元共沸体，其饱和蒸气压比单独的醇类燃料和汽油均要大，因此在夏季行车时，在长时间大功率、大负荷高速行驶和在市区内长时间的低速、开空调行驶的情况下，特别是在停车后长时间开空调，会引起发动机温度偏高产生气阻现象。

（2）起步发顿和加速不良

起步发顿和加速不良现象的出现，一般与油路不畅和点火时间有关，需检查油路和点火时间。

（3）油路不畅

通过使用中总结，油路不畅通往往是油箱和油路清洗不彻底，使用乙醇汽油后，由于乙醇汽油强烈的清洗作用将没有清洗干净的胶质和杂质清洗掉，堵塞燃油滤清器或喷油嘴所致。需更换燃油滤清器和清洗喷油嘴。

（4）使用中分层

乙醇与汽油可以互溶，但抗水性较差，乙醇汽油一旦遇水就会发生相分离，影响使用效果。当然这种分层并不意味着截然分开，而是造成油箱上、中、下各部乙醇与汽油的比例不同，使发动机燃烧过程产生改变，影响车辆正常使用。

试验结果表明，乙醇汽油的相分离温度随乙醇汽油中含水量的增加而增高，在相同含水量情况下相分离温度随乙醇含量的增加而降低。以我国正在使用的含 10%变性燃料乙醇的车用乙醇汽油为例，当水含量在 0.3%时，相分离温度为 −24℃；当含水量增加到 0.4% 时,相分离温度升高到 $-16℃$。

(5)发动机磨损

醇类燃料发动机在使用中,汽缸和活塞环的磨损量加重。这被认为是由于甲醇或乙醇能够将这些部位的润滑油膜洗掉。另外醇类燃烧时生成有机酸(甲酸或乙酸),能够直接腐蚀金属,造成腐蚀磨损。进入润滑油中的甲酸或乙酸还能与润滑油中的抗氧防腐剂(如二烷基二硫代磷酸锌)发生反应而使其失效,从而增大各摩擦部位的腐蚀与磨损。

二、柴油机用燃料

(一)柴油机燃料的概述

柴油是柴油机的燃料,柴油机又称为压燃式发动机,根据转速不同分为高速柴油机(转速大于 1000r/min)、中速柴油机(转速为 500～1000r/min)和低速柴油机(转速为 100～500r/min)。高速柴油机使用轻柴油,中速和低速柴油机以重柴油为燃料。

由于能源问题,国外的汽车发动机正向柴油机的方向发展。欧洲和日本等石油产量较少的国家,在 20 世纪 60 年代末期就基本上做到载货汽车柴油机化了。美国的载货汽车以前是以汽油机为主的,自 1973 年发生石油危机以来,也正迅速朝柴油机化的方向发展。载货量为 8T 以上的汽车已全部使用柴油机,其他吨位的载货汽车柴油机的比重也愈来愈大。近年来在国外也逐步掀起了小轿车柴油机化的高潮,德国大众公司、美国通用汽车公司、日本丰田汽车公司等大型汽车公司的部分轿车均采用了柴油发动机,经济环保的柴油机轿车在欧洲市场的市场份额已从 1991 年的 16% 快速增长到 2003 年的 44%。

在北美,特别是 SUV 市场,柴油机汽车正在不断增加,估计这种趋势今后仍将继续下去。2004年,德国大众戴姆勒、克莱斯勒分别向市场投放了"沙漠骑士"和"自由吉普"。

在原油资源越来越短缺的中国,发展柴油机汽车是未来汽车工业的重点之一。根据国家汽车发展规划"十五"期间,柴油机汽车总产量的比重要从2000年的29.07%提高到35%左右,中型车要全部实现柴油机化。柴油机轿车、柴油机微型车生产开始起步,一汽大众2003年在国内率先推出第一款柴油机轿车——"捷达SDI",从而结束了我国无柴油机轿车的历史。捷达SDI具有优良的环保性能,尾气排放达到欧Ⅲ标准,燃油消耗比汽油发动机汽车低40%,90km/h等速百公里油耗仅为4.6L,行驶成本大大降低。

继捷达SDI之后,一汽大众又推出了宝来TDI、奥迪A6、2.5LTDI柴油机轿车,上海大众也将推出柴油款COL,此外菲亚特、福特和标致雪铁龙也准备再向国内市场推出柴油款轿车。

近数十年来,柴油机得到日益广泛的应用,大量用于载重汽车、公共汽车、拖拉机、机车、船舶和各种农业、建筑业、矿山、军用机械作为动力设备。柴油机所以能如此广泛地被应用,与汽油机相比有以下优点:

(1)具有较高的经济性。柴油机的压缩比 ω 可达14～22,热效率比较高,其单位功率燃料消耗量比汽油发动机低30%～40%,功率大,油耗少。

(2)所用燃料的沸点高、馏程宽、来源广、成本低。在没有合适的柴油时,容易用其他燃料暂时代替。

(3)工作可靠耐久,使用保管容易。

但柴油机结构比汽油机复杂,转速较低,最高约为3000r/min左右,比较笨重。

柴油机和汽油机都是内燃机,两者有相似之处,但工作原理有着本质的不同。因此,对燃料的要求也就不同。

(二)柴油机对柴油品质的要求

柴油机燃料供给系统构造精密,所用燃料要与不同金属接触。根据柴油机燃料系统的构造和柴油机工作条件及特点,对柴油品质有如下要求:

柴油机燃料性能的好坏,主要取决于自燃点的高低。自燃点越低,燃料的燃烧性能越好。在柴油机中,燃料的自燃点虽然对发火延迟期有决定性的影响,但在实际工作中并不以自燃点来表示其燃烧性能。因为还有许多因素也能或多或少影响燃料的燃烧过程,例如,燃料喷射的细密程度,燃料的蒸发性、黏度以及发动机的压缩比等,所以,评定燃料在柴油机中的燃烧性能的最恰当的办法,是十六烷值。

1. 十六烷值(CN)

十六烷值是评定柴油燃烧性能的重要指标。柴油的十六烷值越高其发火性能越好,发火延迟期越短。

使用十六烷值过低的柴油,很容易引起工作粗暴,结果降低了发动机功率,增大了柴油消耗量。

十六烷值高的柴油,自燃点低,易于自行发火燃烧,在发动机启动时汽缸内温度较低的情况下也能发火自燃,因而启动性能良好。

柴油的十六烷值并不是越高越好。如当十六烷值从 50 提高到 70 时,滞燃期的缩短有限,对燃烧改善不多。但因烃类在高温下裂化反应加快,在汽缸内形成大量游离碳,来不及完全燃烧而形成黑烟随废气排出,反而增大油耗量,降低柴油机功率。为此,柴油应具有适当的十六烷值和良好的蒸发性,喷入燃室后能迅速着火,不产生粗暴现象使柴油机能发出最大功率,燃料燃烧完全且不冒黑烟,喷嘴与排气系统的积碳生成量降至最低。

2. 良好的低温流动性

柴油的低温流动性是指,低温下柴油在发动机燃料系统中能否顺利地泵送和通过柴油滤清器,从而保证发动机正常供油的性能。如果燃料的低温流动性不好,在低温下使用时失去流动性,或产生蜡结晶,都会妨碍燃料在油管中和燃油滤清器中顺利通过,使供油量减少甚至中断供油,严重影响发动机工作。评定柴油低温性能的指标有凝点和冷滤点。

(1)凝点

凝点是柴油在低温下失去流动性的最高温度,是柴油牌号划分的依据。发动机使用凝点过高的燃料,停车后再启动将发生严重困难。凝点越低的柴油,在柴油机燃料系统中供油性能越好。在室外工作的柴油发动机一般应用凝点在气温 5～7℃之间的燃料,才能保证发动机的正常工作。

我国柴油的牌号就是按柴油的凝点划分的,如＋10 号、＋5号、0 号、－10 号轻柴油的凝点分别不高于 10℃、5℃、0℃ 和－10℃。

(2)冷滤点

冷滤点是将试油在规定条件下冷却,在 1960Pa 真空压力下进行抽吸,使试油通过过滤器不足 200ml 的最高温度。

冷滤点是模拟发动机的实际工况,近似于发动机的实际使用条件,试验证明,柴油机的冷滤点与柴油的最低使用温度有着良好的对应关系。目前国外评价柴油的低温流动性广泛采用冷滤点。冷滤点比凝点更具实用性,因为柴油在温度尚未降至凝点之前,燃油滤清器就已经堵塞了。

为此,柴油应具有较低的凝点和冷滤点,保证在较低的温度下能稳定可靠的工作。

(3)适宜的黏度

黏度是液体流动时,内部分子间的内摩擦系数。黏度的大小说明液体流动的难易,容易流动的液体黏度小,不易流动的液体黏度大。

若柴油的黏度大,喷油嘴喷出的油滴平均直径大,喷出的油流射程远,圆锥角小,使油滴蒸发面积减少,蒸发速度减慢,混合气形成不均匀,造成燃烧不完全,燃料消耗量增大,发动机的经济性下降。若柴油的黏度小,喷出的油流射程太近,圆锥角大,与燃烧室形状不适应,也会使混合气的组成不均匀,造成燃烧不良的现象。总之,黏度过高、过低都会对雾化产生不利的影响,因此对柴油的黏度有一定的要求。

柴油发动机供油系统中的高压油泵和喷油嘴都是配合紧密的精密部件,它们在运动中是靠柴油润滑的。如果柴油黏度过低,很难保证高压油泵、喷油嘴的可靠润滑,增加磨损,缩短寿命。

因此,柴油的黏度要适当,以保证雾化和油泵、油嘴的润滑要求。

(4)良好的热氧化安定性和储存安定性

柴油的热氧化安定性简称热安定性,它反映了在柴油机的高温条件和溶解氧的作用下柴油发生变质的倾向。如果柴油的热安定性差,柴油机的燃料系统尤其是工作温度较高的喷油嘴就会出现不溶性的凝聚物、漆膜和积碳等,影响柴油机的正常工作。

柴油机在炎热气候或在密闭环境下工作时,油箱中柴油的温度可达 $60\sim80℃$,由于油箱不断振荡,使柴油在较高温度下与空气充分剧烈的混合,燃料中溶解氧达到饱合程度,当柴油进入供油系统后,温度继续升高,并且要与不同的金属接触。在这种剧烈氧化条件下,燃料中的不安定成分会急剧氧化而生成各种氧化缩合产物。这种产物在高温条件下便会在高压油泵、喷油嘴等处形成漆状沉积,使各活动配合副活动困难,甚至黏死而中断供油。沉积在喷油嘴周围的漆状物,高温下缩合成积碳,破坏正常的供油雾化;沉积在燃烧室壁和进、排气门等部位的积碳则会导致金属零件磨损加大,导热不良。

柴油的储存安定性是指柴油在运输、储存过程中保证其外观、组成和使用性能不变的能力,安定性好的柴油在储存中颜色和实际胶质变化不大,很少生成胶质和沉渣。安定性差的柴油最明显的表现是颜色变深,实际胶质增大,使用实际胶质高的柴油,容易出现喷油嘴和过滤器堵塞现象。

因此,为保证柴油机正常工作,要求柴油有良好的热氧化安定性和储存安定性。

(5)无腐蚀性

柴油中的活性硫化物常温下就能直接腐蚀金属,非活性硫化物燃烧后会对排气系统造成气相腐蚀和强烈的液相腐蚀。柴油中的有机酸不仅腐蚀容器和发动机零件,还能使喷油泵柱塞副的磨损加剧,加速在喷油嘴周围和汽缸中形成积碳,从而导致喷雾恶化,柴油机功率降低,破坏正常供油并增加汽缸活塞组件的磨损。因此要求柴油及其燃烧产物对与之接触的燃料系统和发动机部件的金属不产生腐蚀。

(6)不含机械杂质和水分

柴油中如含有机械杂质和水分,会使燃油滤清器堵塞,影响甚至中断供油。机械杂质还会造成精密零部件的磨损,降低其使用寿命。如高压油泵的柱塞与柱塞套的配合间隙被控制在0.025mm以下,若被机械杂质磨划而引起的划痕都会使工作性能严重恶化,同时机械杂质还会引起柱塞和喷油嘴中的配合副卡死,出油阀关闭不严,喷嘴喷孔堵塞等恶劣后果。

柴油中含有水分会降低柴油的热值,使柴油乳化,不能着车,在冬季还会形成冰堵,造成供油中断而停车。同时柴油中的水分会带入可溶性盐类增加灰分,尤其严重的是当有水分存在时,会加大硫的燃烧产物对汽缸、活塞等机件的腐蚀加重。

(7)较高的闪点

闪点是表示石油产品着火危险性的指标,对油品储存、运输和使用安全意义重大。由于燃料在容器中被加热到其闪点的温度时,混合气一遇火源(火苗、火星)便可被引燃。液体燃料闪点的高低决定于液体燃料的蒸发性,蒸发性越高,则闪点越低。柴油标准中规定了闪点的要求,因此柴油的馏程要求中只规定柴油馏分不能过轻,因此柴油通过闪点对其蒸发性进行限制。闪点过低的柴油,蒸发损失大,储存、使用安全性能差,闪点也是确保安全的质量标准。

3. 车用柴油

(1)车用柴油的牌号

GB/T19147《车用柴油》按凝点分为 10 号、5 号、0 号、—10号、—20 号、—35 号、—50 号七个品种,凝点分别不高于 10℃、5℃、0℃、—10℃、—20℃、—35℃和—50℃,其质量标准见表2-5。

表 2-5 车用柴油标准(GB/T19147—2003)

项　目	质量指标							试验方法
	10号	5号	0号	—10号	—20号	—35号	—50号	
氧化安定性: 总不溶物/(mg/100ml) 不大于	2.5							SH/T0173
硫含量(质量分数)/% 不大于	0.05							GB/T380
10%蒸余残碳(质量分数)/% 不大于	0.3							GB/T268

项　　目	质量指标							试验方法
	10号	5号	0号	−10号	−20号	−35号	−50号	
灰分（质量分数）/‰　不大于	0.01							GB/T508
铜片腐蚀（50℃、3h）级　不大于	1							GB/T5096
水分（体积分数）‰　不大于	痕							GB/T260
机械杂质	无							GB/T511
润滑性　磨痕直径（60℃）/μm　不大于	460							ISO 12156−1
运动黏度（20℃）（mm^2）/s	3.0～8.0			2.5～8.0		1.8～7.0		GB/T265
凝点/℃　不高于	10	5	0	−10	−20	−35	−50	GB/T510
冷滤点/℃　不高于	12	8	4	−5	−14	−29	−44	SH/T0248
闪点(闭口)　不低于	55				50	45		GB/T261
着火性（需满足下列条件之一）　十六烷值　不小于　或十六烷值指数　不小于	59　46				46　46	45　43		GB/T386 GB/T11139 SH/T0694

续表

项　目	质量指标							试验方法
	10号	5号	0号	−10号	−20号	−35号	−50号	
馏程/℃ 50%回收温度　不高于 90%回收温度　不高于 95%回收温度　不高于	300 355 365							GB/T6536
密度(20℃)(kg/m³)	820～860				800～840			

（2）车用柴油的正确选用

选用柴油时应根据使用地区的气温,选用不同牌号(即不同凝点)的柴油。就是说要根据气温来决定使用哪种牌号的柴油,牌号选用不当是一种浪费或造成发动机无法启动。

为了保证发动机燃料系统在低温下正常供油,柴油的凝点应比使用地区的最低气温低 5～7℃,冷滤点与使用地区的最低气温相同。10 号柴油适用于有预热设备的高速柴油机,5 号、0 号、−10号、−20 号、−35 号、−50 号分别适用于风险率为 10％的最低气温在 8℃、4℃、−5℃、−14℃、−29℃、−44℃以上地区使用。

（三）柴油使用中的注意事项

1. 柴油中不能掺入汽油

在北方冬季,一些驾驶员因柴油机冷启动困难,认为汽油馏分轻,易挥发,加入柴油中有助于柴油机的启动。其实这种做法不妥。

汽油机和柴油机燃烧原理不同,汽油机为点燃式,柴油机为压燃式。汽油机所用汽油虽然馏分轻,易挥发,但由于其辛烷值高,十六烷值低(90号车用无铅汽油的十六烷值只有15),自燃点高。若汽油掺入柴油中,由于汽油比柴油的自燃点高,发动机启动会更加困难,甚至不能启动。在柴油机正常使用中,会因燃料的十六烷值降低,发火延迟期长,使柴油机产生不正常爆震燃烧,工作粗暴,损坏发动机。此外,由于柴油机的供油系统的运动副是靠柴油自身的润滑性能来保证的,汽油没有润滑性能且黏度小,因而不能满足柴油机供油系统运动副的润滑要求,会造成运动副间的磨损增大,供油质量下降,影响发动机的工作。

2. 正确使用柴油机启动燃料

柴油机低温启动时,由于气温低,发动机润滑油的黏度大,启动阻力大。因而发动机的转速低(低于1000r/min),进气量少、热损失大,发动机压缩至接近上止点时,被压缩的空气的温度低于柴油的自燃点而不能使柴油自燃,从而导致柴油机低温启动困难。

为了解决柴油机在低温下的启动困难,在寒区使用的柴油机可采用启动燃料。启动燃料由70%乙醚+27%喷气燃料+3%的发动机机油配制而成。该启动燃料自燃点只有191℃,很容易在发动机中着火。柴油机在使用启动燃料启动前,应让发动机运转10~20r,使机油到达运动副表面,然后再喷入启动燃料起动发动机。

(四)燃油质量的简单判别

燃油质量的好坏、是否能达到国家有关规定与标准,对我们使用者来说至关重要。如果燃油的质量达不到标准,轻则使我们的汽车发动机运转无力,噪声增大,重者给发动机造成故障,甚至损坏,所以加到我们油箱的燃料要尽量保证达到有关的质量要求。怎样才能保证加到我们油箱里的燃油的质量呢? 除了选择有信誉的加油站外,自己有一定的燃油知识,能进行简单的辨别同样也是很重要的。

关于燃油的质量给发动机造成故障问题,在前面我们曾经提到过,如:因为燃油含胶质量过大,造成气门黏着,气门不能随发动机的运转适时开闭,使发动机运转中因汽缸压力不能在活塞到达上止点时达到最大,燃烧过程恶化、缺缸,运转抖动,工作无力。同时因胶质含量过大,气门运动受阻不能适时开闭,在现代比较先进的屋脊型燃烧室式发动机上因活塞与气门产生干涉很可能发生活塞与气门相撞而使发动机连杆、活塞、缸盖报废的重大事故。

我们选择信誉好的加油站加油是保证燃油质量的一个方面,在加油时通过我们对燃油知识的学习、了解和掌握,对燃油做简单的鉴别是另一个方面,要不然就很难保证我们爱车的发动机的正常使用。一旦因为燃油出了故障,我们就很得不偿失,不但燃油浪费了,同时还要付出高昂的修理费用。也许有人会说燃油的质量好坏我们有什么办法,我们又没有办法对其质量指标进行检测,就是有办法进行检测也不能每次加油时都检测。其时只要我们具备了一定的燃油知识,在平常细心一点,对燃油进行简单的鉴别还是可以做到的。

通过前边我们讲的燃油知识,我们不难发现,鉴别燃油质量好坏的简单知识就在其中,如汽油的颜色:我们在平常加油时细心一点儿你会发现,正常的汽油颜色很浅,几乎没有什么颜色,而含胶质较多的汽油首先便是使汽油的颜色产生变化,如变红、变成棕色等。如果你在加油时发现汽油的颜色不对就要赶紧停止加油,以免给自己造成损害。

再如汽油的味道:在我们平常使用汽车时谁都免不了闻到汽油的味道,你注意一下就会发现,正常的汽油味并不是特别刺鼻,但汽油如果含有较多的硫化物特别是硫醇硫,汽油的味道会因此而变得特别臭,很呛人,这种燃油就不合格,它除味道不好闻以外,由于硫化物能促进胶质的生成和烯烃的缩合反应,还对发动机有严重的化学腐蚀,所以这种油也是不能用的。

第二章　润　滑　油

一、概　述

两个相接触的物体,当接触面在外力作用下发生相对运动时。存在一个阻止物体相对运动的作用力,此作用力叫摩擦力,两个相对的接触面,叫摩擦面。

物体的摩擦种类很多,有外摩擦、内摩擦、滑动摩擦、滚动摩擦、边界润滑摩擦、流体润滑摩擦、混合润滑摩擦等。摩擦带来的表现形式有高温、高压、噪音、磨损,其中危害最大的是磨损。

润滑就是在相对运动的摩擦表面之间加入润滑剂,使两接触面之间形成润滑膜,变干摩擦为润滑剂内部分子之间的摩擦,以达到减少摩擦、降低磨损的目的。润滑剂有润滑油、润滑脂、固体润滑剂、气体润滑剂四大类。其中润滑油和润滑脂为石油产品。润滑油是指在各种发动机和机械设备上使用的石油基液体润滑剂。虽然润滑油的产量仅占原油加工产量的 2%左右,但因其使用对象、条件千差万别、品种繁多、应用广泛,而且使用要求严格,是除了石油燃料以外的最重要的一类石油产品。

1. 润滑油的组成

润滑油是由基础油和各类添加剂组成的,一般而言,基础油占70%~95%,添加剂占 5%~3%。常见的基础油有矿物油、合成油、半合成油。添加剂则有抗氧化剂、抗腐蚀剂、抗磨损剂,清洁分散剂、防锈剂、极压剂、抗泡沫剂、抗乳化剂、金属钝化剂、黏度指数改进剂等。

润滑油的基础油具备了润滑油的基本特征和某些使用性能,但仅仅是依靠润滑油的加工技术,并不能生产出各种性能都符合要求的润滑油。为弥补润滑油的某些性质上的缺陷并赋予润滑油一些新的优良品质,润滑油中要加入各种功能不同的添加剂。添加剂的作用主要有两方面,一是改变了润滑油的物理性能,如黏度、凝点等;二是增加或增强了润滑油的化学性质,如抗氧化、抗腐蚀性能等。添加剂的作用,不仅满足了各种新型机械和发动机的要求,而且延长了润滑油的使用寿命。

2. 润滑油基础油

基础油是润滑油的最重要成分。按所有润滑油的质量平均计算,基础油占润滑油配方的95%以上。有些润滑油系列(如某些液压油和压缩机油)其化学添加剂仅占1%。而基础油决定着润滑油的基本性质。基础油分为矿物油和合成油两大类。所谓矿物油,就是以减压馏分或渣油为原料,经过脱沥青,脱腊和精制过程而制得。矿物润滑油约占全部润滑油的97%左右。

(1)润滑油基础油的发展趋势:基础油的性质对润滑油使用性能见表2-6。随着科学技术的发展,朝着节能,环保型发展,对新一代基础油也提出了更高的要求,见表2-7。

表2-6　　润滑油基础油性质对润滑油使用性能的影响

基础油性质	对润滑油使用性能的影响
黏度	低温性能,摩擦损失,磨损
化学活性	腐蚀趋势,磨损

续表

基础油性质	对润滑油使用性能的影响
热氧化安定性	摩擦损失,酸、油泥的生成
挥发性	残渣和积碳的生成
溶解能力	残渣和积碳的生成与密封材料的相溶性
表面活性	起泡趋向,抗乳化能力,摩擦损失

表 2-7　新一代润滑油对基础油的要求

润滑油	性能要求	对基础油的要求
内燃机润滑油	低排放 低油耗	低黏度时,油的挥发性低
	省燃料	低黏度,高Ⅵ(Ⅵ指黏度指数)
	延长换油期	热氧化安定性好,抗氧化
齿轮润滑油	不换油省燃料	氧化安定性好,高Ⅵ
	流动性好	高Ⅵ
	省燃料	低黏度、低挥发

(2)合成油:合成油是采用有机化工原料或低分子烯烃,以有机合成的方法制得的具有某些特殊性能的基础油,如用乙烯聚合或以石蜡裂解的低分子烯烃聚合得到的合成油;用有机酸和醇反应生成的脂肪酸脂、聚乙二醇及其衍生物等。这些合成油都具有比矿物油基础油好的黏温特性、抗氧化性和热安定性,优异的低温性能、优良的润滑性能。尽管生产工艺复杂,成本较高,但随着润滑油使用环境和条件日益苛刻,合成油将会得到快速发展。

润滑油基础油是成品润滑油的主体,在润滑油的质量提高、升级换代中将发挥重要作用。特别是随着环保及节能法规的日益严格,发动机的动力性能要求越来越高,基础油的作用日益明显。

3. 润滑油的作用

润滑油的主要作用有：

(1)降低摩擦：在摩擦面之间加入润滑油，形成吸附膜，将摩擦表面隔开，使金属表面间的摩擦转化成具有较低抗剪切强度的油分子间的内摩擦，从而降低摩擦阻力、能源消耗，使摩擦副运转平稳。但对于汽车自动变速器装置、制动器等，润滑油的作用是控制摩擦。

(2)减少磨损：摩擦面间具有一定强度的吸附膜，可降低摩擦并承受载荷。因此，可以减少表面磨损及划伤，保持零件的配合精度。

(3)冷却降温：润滑油可将摩擦产生的热量带走，降低机械发热。

(4)防止腐蚀：摩擦表面的吸附膜可隔绝空气、水蒸气、腐蚀性气体等对摩擦表面的侵蚀，防止或减少生锈。

此外，润滑油还可将冲击震动的机械能转变为液压能，起阻尼减震或缓冲作用。

(5)清洗作用：随着润滑油的流动，可将摩擦表面上的污染物、磨屑等冲洗带走，起到洗涤作用。

(6)密封作用：润滑油还可以起到密封作用，如活塞、活塞环与缸筒之间的密封防止漏气。防止冷凝水、灰尘及其他杂质的侵入。

4. 润滑油的基本性能

根据润滑油的基本功能，要求润滑油具备以下基本性能。

(1)抗摩擦性能：抗摩擦性能是润滑油的最重要的性能，一般要求润滑油具有尽可能小的摩擦系数，保证机械运行敏捷而平稳，减少能耗。

(2)适宜的黏度：在选用润滑油时首先考虑黏度是否合适。高黏度易于生成动压油膜,油膜较厚,能承载大负荷,防止磨损。但黏度太大,即内摩擦力也会太大,会造成摩擦热增大,摩擦温度升高,而且低温不易流动,不利于低温启动,因温度低而失去流动性时,将造成供油中断,还会造成烧互抱轴的恶性事故发生。黏度低时摩擦阻力小、能耗低,机械运行稳定、温升不高。但如黏度太低则油膜太薄,承受负荷能力小,易引起磨损,渗漏流失,特别容易渗入疲劳裂纹,加速疲劳裂纹的扩展,从而加速疲劳磨损,降低机械零件寿命。

(3)极压性:当摩擦件之间处于边界润滑状态时,黏度作用不大,主要靠边界膜强度支承载荷,因此要求润滑油具有良好的极压性,以保证边界润滑状态。如启动、低速、重负荷时仍要具有良好的润滑,润滑油的极压性能就要良好。

(4)化学安定性和热稳定性:润滑油从生产、销售、储存到使用有一个过程,因此要求润滑油要具有良好的化学安定性和热稳定性,使其不易被氧化、分解、变质。

(5)材料适应性:润滑油在使用中必然与金属材料和密封材料相接触,因此要求对接触的金属材料不腐蚀,对橡胶等密封材料不溶胀。

(6)纯净度:要求润滑油不含水和杂质,因为水能造成润滑油乳化,使油膜变薄或破坏造成磨损且使金属生锈。杂质可堵塞润滑油滤清器和喷嘴造成断油事故,杂质进入摩擦面能引起磨料磨损,因此,一般润滑油的标准中规定要求油色透明,且不含机械杂质和水。

二、内燃机润滑油

内燃机润滑油,是润滑油中用量最大、性能要求较高、品种规格繁多、工作条件相当苛刻的一种油品。

1. 内燃机的工作条件

汽车发动机与其他各种机械相比,其摩擦面有许多特殊性,特别是发动机在向高转速、高强度、大功率和防止废气污染等方面发展,这种特殊性就变得更为突出,工作条件越来越苛刻。

(1)温度高、温差大

发动机除了产生摩擦热以外,还要受到燃料燃烧产生的2000℃温度的影响,因而当发动机工作一段时间后,各摩擦面的温度都比较高,如活塞顶、汽缸壁、汽缸盖等在250~300℃,活塞裙部在110~115℃。主轴承、曲轴箱油温在85~95℃。另外,发动机大多在室外使用,冬季不工作时,其零件温度与环境温度接近。当冷机启动和运转开始时,各摩擦面极易发生干摩擦和半干摩擦。

(2)载荷大

现代发动机的热效率高,质量小、功率大,因而运动零件单位摩擦面的载荷很大。如连杆轴承的负荷为7.0~24.5MPa,主轴承的负荷为5.0~12.0MPa。有些摩擦零件,如凸轮轴的凸轮和气门挺杆等还断续的处于极压润滑状态,连杆轴承要承受冲击载荷。

(3)运转速度高

发动机曲轴的工作转速多在1500~5000r/min,活塞平均速度高达9~15m/s,摩擦面上形成润滑油膜非常困难。用喷溅或飞溅方法进入活塞与汽缸壁之间的润滑油,还会被未汽化燃烧的燃料稀释或带入燃烧室而烧掉。因此,在活塞与汽缸壁之间,经常处于边界润滑状态。热膨胀和热变形会影响各运动零件间正常的配合间隙,从而使润滑更困难。

(4)所处环境复杂

润滑油循环使用,长时间与空气中氧以及多种对氧化反应起催化作用的金属接触,且在高、低温转换和剧烈搅拌下工作,很容易生成积碳、漆膜、油泥等沉积物。同时还受到进气时带入的尘埃、燃料燃烧时生成的废气作用。所有这些都会加速其氧化过程。因此造成摩擦面的加速磨损,缩短零件的使用寿命。

2. 内燃机润滑油的作用及对润滑油性能要求

(1)内燃机润滑油的作用

①润滑作用:发动机的许多机件在工作时都处于高速摩擦状态,润滑油进入摩擦件间后,在摩擦表面上形成一层吸附膜,从而使两个摩擦面尽可能不接触。当机件间摩擦时,每个机件与黏附在它表面的油层一同运动。这样金属间的干摩擦就变成了油层间的液体摩擦,由于液体摩擦的摩擦系数比干摩擦的摩擦系数小得多,所以摩擦力显著减小,发动机就能更好的发挥有效功率,并能使机件磨损大为减小。如果再加入摩擦改进剂,使摩擦系数进一步减小,就能减少燃料消耗。

②冷却作用:燃料燃烧后产生的热能,不能全部转变为机械能。一般内燃机的热效率只有 30%~40%,其余部分消耗于摩擦和使发动机发热以及通过排气进入大气。很多人认为发动机的冷却只是通过冷却系统带走热量,事实上,冷却系统只是冷却了发动机的上部——汽缸盖、汽缸套,大约带走热量的 60%;而主轴承、连杆轴承、摇臂及其轴承、活塞和在发动机下部的其他部件主要靠发动机润滑油来冷却,带走损失热量的 40% 及摩擦产生的摩擦热。

③洗涤作用:内燃机工作时,由于吸入空气所带来的尘土、燃料燃烧后形成的碳物质,润滑油氧化后生成的胶状物,机件摩擦产生的金属屑和混入润滑油水分等脏杂物结合在一起便形成油泥。这些脏杂物、油泥会被带到摩擦机件间,这就须用润滑油将脏杂物、油泥等冲洗掉,不然会造成摩擦面间的磨料磨损。

④密封作用:活塞与缸套,活塞环与环槽之间存在有一定间隙,而且金属表面又有微小的凹凸不平,这就带来了密封问题,如果活塞运动时,间隙和凹凸不平处得不到密封,燃气就会窜入曲轴箱,产生窜气。其结果就是降低了汽缸压力,从而降低了发动机输出功率。同时窜入曲轴箱的废气又污染和稀释了发动机润滑油,使润滑油过早的氧化变质。润滑油的密封作用在于它填满了活塞与汽缸空间,活塞环与活塞环槽间的间隙形成密封而达到不漏气,保证了发动机的输出功率,也阻止了废气向下窜入曲轴箱。

⑤防锈作用:发动机中的腐蚀来源于大气和润滑油中的水,燃烧中产生的酸性气体,空气和润滑油中的氧化产物,这些有害产物都能造成活塞环、缸套、轴瓦等部件锈蚀、腐蚀,APISD以上质量级别的机油中添加有防锈剂或具有防锈性能的多效添加剂,这些添加剂通过油膜在金属表面形成排列整齐的致密吸附层,有效抵御各种腐蚀介质侵蚀金属表面。

⑥缓冲作用:发动机启动,压缩行程终了,汽缸中混合气燃烧、加速、负荷增加时,汽缸压力急剧上升,这样巨大的压力加到活塞、活塞销、连杆、曲轴和它们的轴承上,负荷传递时,这些部件均要承受振动、冲击负荷和压力的急剧变化,这些运动件间隙里的润滑油膜可吸收部分冲击能量,起到缓冲减振的作用。

(2)内燃机润滑油的性能

现代发动机设计的总体发展趋势向提高转速、增加功率、提高经济性和可靠性、改善启动性和适应严格的环保要求等方向发展。为了适应这种发展,现代发动机对内燃机润滑油提出了越来越严格的苛刻的要求:

①适宜的黏度和良好的黏温特性:内燃机润滑油的黏度主要关系到发动机在低温下的启动性(又称低温泵送性),机件的磨损程度、燃油、润滑油的消耗和功率损耗的大小等;内燃机润滑油黏度过大,流动性差,进入摩擦副所需时间长,搅拌功消耗大,摩擦阻

力大,燃料消耗增加,机件磨损加大,清洗和冷却作用差,但密封性好。黏度过小不能形成可靠油膜,即不能保证润滑,密封太差,功率下降,磨损增大。因此要求内燃机润滑油的黏度适宜。由于内燃机各部位工作温度范围比较宽广,可以从室温(冬季可达−40℃以下)到300℃以上的温度,因此要求内燃机润滑油有良好的黏温性能。也就是说,要考虑到在低温下要求它有足够的流动性,以保证顺利启动,在高温下要求它有足够的黏度以保证润滑,所以要求内燃机润滑油黏温性能好。特别是那些要求南北通用,冬夏季通用的多级油,对黏温特性的要求更高。

②良好的氧化安定性:内燃机润滑油在高温、剧烈搅拌、废气污染工作条件下,氧化速度会加快,易于变质生成腐蚀金属的酸性物质,使黏度增大的漆膜、胶质、油泥等生成并增加,从而失去润滑作用,造成黏环、拉缸和机件磨损。为防止氧化、降低氧化速度,通常在润滑油中添加抗氧化剂、抗腐蚀剂。

③良好的清净分散性:燃料在内燃机燃烧室中燃烧而生成碳粒、烟尘,未燃烧燃料及润滑油氧化生成的积碳、油泥集结在一起会在活塞环槽,活塞、汽缸壁、进、排气口处沉积、结焦或堵塞润滑油滤清器、油孔。使发动机磨损增加,散热不良,活塞环黏着,换气不良,排气不畅,供油不足而造成润滑不良,油耗增大功率下降。为了避免这些不良影响,需要往润滑油中添加油溶性的清净分散添加剂。它可以将积碳和漆膜从活塞等部位清洗下来,并均匀的分散于油中,生成的油泥也可以被分散在油中而不形成大颗粒影响润滑。内燃机润滑油的这种清净分散性作用对保证发动机的正常工作至关重要,这是发动机润滑油与其他工业用润滑油最重要的不同点之一。

④良好的润滑性和抗磨性:内燃机许多部件承受的负荷较大,特别是活塞、缸筒的接触面,曲轴主轴承,连杆轴承,活塞销轴承,凸轮挺杆面与凸轮之间间隙处等,常常承受冲击载荷而处于边界

润滑状态,容易产生擦伤性磨损,因此要求内燃机具有完善的润滑系统,内燃机润滑油具有良好的润滑性和抗磨性。

⑤良好的抗腐蚀性和酸中和性:现代内燃机的强化程度较高、部件载荷很大、曲轴主轴承和曲轴连杆轴承必须使用机械强度较高和耐磨合金,如铜铝合金、镉银合金、锡青铜合金、铅青铜合金等。这些合金的抗腐蚀性能都很差。为了保证轴承不因腐蚀而损坏,要求内燃机润滑油要有较强的抗腐蚀能力。

另外,内燃机润滑油在使用过程中由于受温度、空气、燃烧后的废气、未燃烧的燃料、强烈搅拌等,会氧化生成酸性物质,特别是家用轿车、公共汽车经常处于时开时停状态,内燃机润滑油更容易因氧化生成酸性物质和低温油泥。其次是含硫量高的燃油,在燃烧时会生成三氧化硫(SO_3)、二氧化硫(SO_2),三氧化硫遇水后会生成腐蚀性很强的硫酸,二氧化硫遇水后会生成次硫酸。因此,要求内燃机润滑油既要有很好的抗腐蚀性又要有很好的酸中和性,为了达到上述要求,要在内燃机润滑油中添加碱性化合物(金属清净剂)以抑制腐蚀、中和酸度。所以在内燃机润滑油的技术指标中规定了总碱值(TBN),总碱值大的内燃机润滑油,酸中和能力强、防止金属腐蚀的能力强。

⑥良好的抗泡性:内燃机润滑油在油底壳中,由于曲轴的强烈搅动和进行飞溅润滑,很容易产生气泡(泡沫)而影响润滑油的润滑性能,同时会使油泵因泡沫的大量存在而抽空导致事故。因此,现代内燃机润滑油都添加抗泡剂,以提高润滑油的抗泡沫能力。

3. 内燃机润滑油分类

(1)用途分类

内燃机润滑油按用途可分为汽油机润滑油、柴油机润滑油、船用内燃机润滑油、气体燃料发动机润滑油、绝热发动机润滑油。

(2)SAE黏度分类法分类

黏度分类法是美国汽车工程师学会(SAE)制定的润滑油分类法,它主要考虑的是润滑油的黏度,抗低温动力黏度、低温泵送性、100℃时的运动黏度。分为W系列(冬用)和非W系列(春夏用)。W系列包括0W、5W、10W、15W、20W、25W六个级别,非W系列包括20、30、40、50、60五个级别,我国内燃机润滑油分类见表2-8。

表2-8 润滑油分类表

黏度等级	低温动力黏度		边界泵送温 度/℃ 不高于	100℃运动黏度/ $(mm^2 \cdot s^{-1})$	
	温度/℃	黏度(MPa·s)不大于		不小于	小于
0W	−30	3250	−35	3.8	—
5W	−25	3500	−30	3.8	—
10W	−20	3500	−25	4.1	—
15W	−15	3500	−20	5.6	—
20W	−10	4500	−15	5.6	—
25W	−5	6000	−10	9.3	—
20	—	—		5.6	9.3
30	—	—		9.3	12.5
40	—	—		12.5	16.3
50	—	—		16.5	21.9
60	—	—		21.9	26.1

低温动力黏度预测发动机润滑油能否保证发动机的顺利起动,而边界泵送温度是指能把发动机润滑油连续供给发动机润滑系统时发动机润滑油泵入口的最低温度。如果发动机润滑油凝点温度低于边界泵送温度,则润滑油黏度过大,油泵抽空、润滑油泵送失败,导致启动困难甚至出现运转和磨损事故。

　　含字母 W 的发动机润滑油黏度等级对低温性能有特殊要求，其牌号根据其最大低温黏度、最高边界泵送温度及 100℃时最小运动黏度来划分。W 数字前面的数字越小，低温流动性越好，能满足在更低气温条件下工作的发动机的要求。

　　不含字母 W 的发动机润滑油黏度则根据 100℃时的运动黏度来划分，数字越大，可以保证润滑油在高温时仍有足够的黏度和油膜厚度来达到润滑效果。这个分级的特点是，黏度级范围很宽，且级与级之间是连续的。

　　近年来，内燃机润滑油出了一种多级润滑油，多级润滑油是一种黏温性能好，工作温度宽、节能效果明显的润滑油。

　　多级润滑油是指在 100℃运动黏度等级范围内，同时具有低温黏度和边界泵送温度的性能，能满足某一 W 黏度等级的指标。即多级润滑油既含有 W 黏度等级号，又含有 100℃运动黏度等级号，而且两个等级号的差至少等于 15。例如 10W/30 润滑油，它既符合 10W 黏度等级号要求，低温动力黏度在 $-20℃$ 不能大于 $3500MPa \cdot s^{-1}$，边界泵送温度不高于 $-25℃$，还满足 30 号润滑油黏度级号的要求，即 100℃时黏度在 $9.3 \sim 12.5 mm^2 S$ 范围内。10W 和 30 两个黏度级号的差为 $30-10＝20＞15$。所以 10W30 润滑油符合多级油定义，为多级内燃机润滑油。只标有一个黏度等级号或虽标有两个黏度等级号，但其差值小于 15 的润滑油称为单级油。例如 30、40 等，又如 20W/20 润滑油，该油同时符合 20 和 20W 黏度等级号油的要求，但这两个黏度等级号之间差为 $20-20＝0＜15$。所以它不是多级油，是单级油。

　　多级发动机润滑油与单级发动机润滑油的主要区别在于黏温特性不同。多级内燃机润滑油的黏度指数通常都在 130 以上，而单级发动机润滑油的黏度指数为 $75 \sim 100$。汽车发动机润滑油工作温度范围很宽，若在严寒地区，其工作湿度在 $-40 \sim 250℃$，发动机启动时的最低油温，冬夏季相差几十度，如在东北 $-40 \sim 25℃$，在华北-20～40℃,启动油温与大负荷运转时的油温相差更大。如果润滑油黏度过大,流动性、传输性差,将造成启动困难或启动后润滑油输送到运动部位的时间过长,容易造成干摩擦,加速机件的磨损。更有甚者,如果造成油泵抽空,而输送中断,将造成事故。实验表明,城市运行的汽车,由于启动频繁,启动时的磨损量约占整个磨损量的2/3;另一方面当温度过高时,若润滑油黏度小,不利于形成流体润滑油膜而造成增加摩擦和磨损,甚至造成机件擦伤,拉缸等现象,多级润滑油是在低黏度基础油中加入黏度指数剂(或称增黏剂)等配成的,对改善高温润滑、低温启动有良好的作用,是一项重大技术突破。因此,多级内燃机润滑油具有良好的黏温特性,既有利于高、低温条件下的润滑,又有利于低温下启动,且有良好的减磨节能效果。

4. 内燃机润滑油的选用

(1)按质量等级选用

按质量等级选用的原则是:根据汽车制造厂的推荐、内燃机的机械负荷、工作条件的苛刻程度、燃料的性能、质量等。

①根据内燃机制造商推荐选油:汽车制造商在汽车出厂时,都会在出厂说明书中推荐选用的内燃机润滑油,这应该是汽车发动机润滑油选用的首要依据。但是这仅仅是选用润滑油的一般原则,或者说是起码的要求,因为汽车制造商在推荐用润滑油的质量等级时必须考虑市场可供的润滑油的质量状况和使用的工况。如富康轿车刚投放中国市场时,考虑到中国市场可供SG级以上的润滑油不多,当时所推荐的是SF级。在使用特别苛刻时,用油等级也应提高。如停开频繁、长期低温下运行(气温低于0℃)、长期低速下运行(速度低于16km/h)、长期在高温、高速、满载、长距离行驶等条件下工作的汽车选油时,应在汽车制造商推荐的质量等级前提下,提高一个级别或者将换油周期缩短。

②根据内燃机的机械负荷和热负荷选用润滑油:内燃机的机械负荷和热负荷也是选用润滑油的重要依据,现代发动机的压缩比、转速越来越高,强化系数越来越大,附属装置在不断增多,所以,选用润滑油时应该要求润滑油适应发动机的这种苛刻的工作条件。

(2)汽油发动机润滑油按质量等级的选用

汽油发动机润滑油主要是根据发动机的压缩比确定质量等级。汽油发动机压缩比越大,热负荷和机械负荷也越大。要求润滑油的清净分散性、抗磨极压性、氧化安定性、防腐性能越好。汽油发动机润滑油的选用原则如下表。

压缩比	发动机附设装置	质量等级	说明
<7		SC	
7~8	PVC 阀(曲轴箱强制通风)	SD	
8~10	EGR(废气循环)	SE	
>10	EGR 阀装置、三元催化	SF、SG	无铅汽油
>10	涡轮增压、三元催化	SF/CC、SG/CD、SH 及以上级	无铅汽油

(3)柴油发动机润滑油质量等级的选用

柴油机的热负荷和机械负荷是影响润滑油质量变化的主要因素,柴油发动机负荷大,工作温度高,工作强度剧烈,要求使用柴油机润滑油的质量也高。

选择柴油机润滑油的质量等级时,可按柴油的强化系数($K_中$)来决定,强化系数的数值为发动机的平均有效压力,活塞平均速度及冲程系数的乘积,柴油机强化系数代表了柴油机的热负荷和机械负荷,选用原则如下表。

强化系数	选用柴油机润滑油质量等级
＜50	CC
50～80	CD
＞80	CE、CF-4

注:1. 该表适应柴油硫含量为 0.4％以下,当柴油硫含量为 1.0％以上时选用质量应提高一档。

　　2. 强化系数 $K_中$ 标示法。

$$K_中 = P_E \times C_M \times Z$$

式中:$K_中$——柴油发动机强化系数;P_E——汽缸平均有效压力 $M_{Pa发}$;C_M——活塞平均线速度 m/s;Z——冲程系数,四冲程 $Z=0.5$,二冲程 $Z=1$。

(4)内燃机润滑油按黏度等级的选用

黏度是内燃机润滑油的重要指标,确定内燃机润滑油的质量等级以后,选择合适的黏度就显得更为重要。黏度过大或过小都会引起能源浪费,磨损增加或其他润滑故障。例如:低气温时黏度过大首先造成冷启动困难,因为低气压时黏度大,摩擦阻力和搅拌阻力增加,发动机转速起不来,启动就很困难,如果在低气温时润滑油失去流动性,就会造成其油泵抽空,泵送失败而造成干摩擦、发动机烧瓦抱轴、活塞拉缸的恶性故障。若润滑油在气温高时,黏度过小,会使内燃机运转中形不成合适的润滑油膜,造成摩擦副处在边界摩擦状态,增加内燃机的机械摩擦功,造成磨损加剧,燃油消耗增加。所以,润滑油黏度对内燃机寿命、油耗至关重要。

内燃机润滑油黏度等级的选用原则有:

①根据发动机工作的环境温度选用,寒冷地区的冬季选用黏度小、倾点低的单级油或多级内燃机油,首先推荐多级油;夏季或全年气温高的地区为保证能可靠润滑的油膜厚度形成,选用黏度

适当高些的内燃机润滑油,内燃机润滑油黏度等级的具体选用见表 2-9。

表 2-9　内燃机润滑油黏度等级选用表

黏度等级	使用环境温度/℃	黏度等级	使用环境温度/℃
5W	−40～−10	5W/30	−40～30
10W	−30～5	10W/30	−30～30
20	−10～30	15W/40	−20～40
30	0～30	20W/40	−10～40
40	10～50		

②根据载荷和转速选用载荷高、转速低,如大型推土机、起重机、钻井机等,一般选用黏度大的润滑油;载荷低、转速高,如轿车、吉普车、微型车及小型动力装备,一般选用低黏度润滑油。

③根据发动机磨损状况选用:新内燃机应选用黏度较小的润滑油,而磨损大(摩擦副经使用摩损配合间隙增大)的内燃机则选用黏度较大的润滑油。

④优先选用多级油:在保证润滑的前提下,应优先选用多级油。

多级油的特点在于其突出的高、低温性能,即低温启动时,润滑油能迅速流到零件的摩擦部位提供润滑;在高温时它具有比单级油更高的黏度,从而使润滑油在发动机工作时能给发动机提供良好的润滑。

5. 内燃机润滑油使用中有关的注意事项

润滑油黏度不仅是润滑油分类的依据,而且与发动机功率的大小、运动零件的磨损量、活塞环的密封程度、润滑油及燃料的消耗量、发动机冷启动的快慢等密切相关。

(1)黏度过大的缺点

①发动机低温启动困难

润滑油黏度过大,发动机低温启动时上油太慢,油压虽然高,但润滑油通过量并不多,主要是因为黏度大,润滑油的泵送能力差,曲轴搅油阻力增加使发动机零件表面难以迅速得到润滑,摩擦阻力增加、转速过低、启动困难。同时使发动机各运动副处于暂时的干摩擦或半流体摩擦,使发动机的磨损量增大,零件寿命缩短。

②功率损失大

润滑油黏度大,各摩擦副间零部件的摩擦阻力增加,曲轴搅油阻力加大,使内燃机内部的摩擦损失功率增大,减少了发动机功率的输出,耗油量增大。

③冷却作用差

润滑油黏度大、流动性差、循环速度慢,从摩擦面带走热量的速度也减少,冷却效果降低,易使发动机过热。

④清洗作用差

润滑油黏度大,油的流动速度慢、循环量减少不能及时把磨损下来的金属屑、碳粒、尘土等杂质带走,容易使发动机形成磨料磨损,其清洗作用差。

⑤使用效果差

黏度大的润滑油与黏度小的润滑油相比,它的残碳颗粒大、酸值高,影响使用效果。

(2)润滑油黏度过小的不足

①油膜容易破坏

润滑油黏度小,在高温摩擦表面不易形成足够厚度的油膜,油膜承载能力差,在载荷作用下油膜容易被破坏,机件得不到正常润滑,磨损量增加。

②密封作用不好

润滑油黏度小,很难在缸筒、活塞、活塞环间形成密封。致使汽缸窜气量增大。这会使发动机功率下降、燃烧后的废气窜入曲轴箱润滑油的氧化速度加快、污染加重、使用寿命缩短。

③加大润滑油消耗量

润滑油黏度小，密封性不好，油的轻馏分比重较大，蒸发损失也较大，容易使气缸壁上（特别是汽缸壁上部的高温区）的润滑油窜入燃烧室，造成发动机烧机油，不但增加润滑油的消耗，还会造成燃烧过程变坏、燃烧不完全、燃烧室积碳增加、排气冒烟、功率下降。现代汽油发动机是电子控制汽油喷射发动机，排气系统装有三元催化转化器，烧机油时会使没有完全燃烧的产物附着在三元催化转化器上，使三元催化转化器的性能下降，更有甚者，使三元催化转化器堵塞、排气背压过高、发动机无力，甚至开不着车等故障。

由此可见，内燃机润滑油的黏度过大过小都不好，必须选择适宜。这个适宜黏度是指润滑油能在零件表面上形成足够厚的润滑油膜，使发动机润滑可靠。判断润滑油的好坏，应该看润滑油黏度指数的高低，而不能单独看润滑油是否黏稠。有些润滑油手感很黏，但黏度指数低，温度稍有变化，润滑油的性能就会改变。温度降低时，油膜加厚，阻力增加，车辆启动困难；温度升高时油膜变薄，甚至不能形成良好的润滑油膜而起不到润滑作用。一些外观黏度并不大的润滑油，黏度指数很高，黏温性能好。温度等外界因素对其运动黏度影响不大，在不同温度下都能保持很好的黏度并形成良好的润滑。所以，选择润滑油时，应选择黏温性能好，黏度指数高的润滑油。

（3）防止润滑油超耗

根据我国国家标准 GB3743—84 规定，润滑油与燃油消耗比为 1%。按此推算发动机燃油消耗量为 100km/10L 的汽车，润滑油消耗量应为 1L/1000km。

国外轿车对润滑油消耗量并未做出法规性强制规定，一般认为在最初行驶的 10 000km 磨合期内,润滑油消耗量可能达到 0.3L/1000km,在行驶 10 000km 之后,润滑油消耗量维持在 0.2L/1000km 以下,而《维修手册》中标明只要润滑油消耗量 1L/1000km 均为正常。

产生润滑油损耗,其主要原因是活塞与缸筒之间间隙过大、活塞环严重损伤、弹力不足,活塞环与活塞环槽侧隙、背隙过大、活塞环端隙过大、气门油封密封不好、气门杆与气门导管间隙过大,使润滑油窜入燃烧室(发动机漏润滑油除外)造成的。除此之外,使用中操作不良、用油不当,也会造成润滑油损耗量加大。如:

①发动机转速过高;

②润滑油加得过多,油面过高,超过上限;

③润滑油选用不当,夏季用冬季油。

为了避免润滑油损耗量过大,还需做到:

①润滑油加油量按规定加足,不能过多过少;

②驾驶时避免发动机长时间高速运转;

③检查发动机各部是否有漏油现象,如有应立即排除;

④检查曲轴箱气压,如果曲轴箱废气过多、压力过大,要对发动机汽缸压力、缸筒、活塞等进行检查,寻找故障原因并立即排除。

(4)发动机润滑油添加量要适当

发动机润滑油的正常高度是在油尺上下刻度线之间,为了保持润滑油油面正常,应经常检查,及时补充,以免油位过低造成润滑油不足。但是,也应切忌添加过量,油位过高。

添加太多的润滑油会通过飞溅作用进入燃烧室导致烧机油,从而使燃烧室积碳和机油消耗量增多,并导致机件运动阻力增加。

太少的机油会影响油泵的吸油能力及润滑效果甚至由于油泵抽空,发动机运动副得不到润滑和冷却而烧互抱轴。所以一定要经常检查发动机润滑油的油量并进行及时补充,使其保持在正常水平。

(5)注意换油时间

任何质量等级的润滑油在使用过程中都会发生一系列物理、化学性质的变化,尤其是使用条件、使用环境、使用的燃油等都会使润滑油物理、化学性质的变化期有不同的改变。用到一定时间,由于物理化学性能的变化,润滑油的某些主要性能不能再满足发动机的工作要求,这时就要果断的更换润滑油。

汽车发动机润滑油的换油周期的规定一般有两个标准,一个是以油品变化为依据,如国家标准中的汽油发动机换油标准 GB/T8028—94(如表)和柴油发动机换油标准 GB/T7607—2002 如表 2-11 和表 2-12,该标准规定油品的质量下降达到某一程度时就应更换。此规定既能保证润滑需要,又不浪费能源。另一个是汽车生产厂家推荐的换油标准(换油里程),该标准是在难以对运行中润滑油品进行质量监测和鉴定、而又要确保发动机经常处于良好的工作状态为依据的(因为现在,在一般的汽车维修企业和汽车维修服为站是没有对润滑油品质进行检查的手段和设备),但以此为依据不太科学。

一般根据以往经验,内燃机润滑油质量级别越高,换油期越长,如:SE 级为 4000~5000km;SF 级为 6000km;SG 级为 8000~10 000km;SH 级达 10 000km;CD 级柴油机润滑油为 250h;CE 级柴油机润滑油为 300h。

表 2-11　汽油发动机润滑油换油标准(GB/T8028—1994)

项　目	指　标	试验方法
100℃ 运动黏度变化率/%	超过 25%	GB/T265
水分/%	大于 0.2	GB/T260
闪点(开口)/℃	低于 165(单级)、150(多级)	GB/T267 或 GB/T3536

续表

项　目	指　标	试验方法
酸值/(kmKOH/g)	大于 2.0	GB/T7304
含铁量/(mg/kg)	250(SC)、200(SD)、150(SE)	SH/T0197 或 SH/T0077
正戊烷不容物/%	大于 1.5（SC、SD）2.0(SE)	GB/T8926A

表 2-12　柴油机润滑油换油标准(GB/T7607—2002)

项　目	指　标	试验方法
100℃运动黏度变化率/%	超过25%	GB/T11137 和 GB/T7067 中 2、3
水分/%	大于0.2	GB/T260
酸值/(kmKOH/g)	大于2.0	GB/T260
铁含量/(mg/kg)	200(CC、SD/CC、)150(CD、SF/CD)100(1)	SH/T0197
正戊烷不容物/%	大于3　　　1.5(2)	GB/T8926B
碱值/(mgKOH/g)	低于新油的50%	SH/T0251
闪点(开口)/℃	低于180(单级)、160(多级)	GB/T3536

　　但有一点大家要注意:因为现在我国部分地区在使用和推广乙醇汽油,醇类燃料汽车同使用汽油、柴油常规燃料的汽车相比,对润滑油的要求有很大区别,醇类燃料自身含有一定的水分和在燃烧中的产物甲酸和乙酸,会给发动机造成异常磨损。如当润滑油遇到含水的醇类燃料时,会使润滑油低温启动性能下降;沉积物生成时间缩短、引起提前点火,严重时会造成润滑油乳化完全失去润滑作用。燃料中的酸类物质容易导致汽缸、活塞、活塞环、气门

等部件的腐蚀磨损、寿命缩短。进入汽缸的没有完全雾化和由于低温而再次在汽缸壁上凝结的汽油在低温工作条件下,如冷启动和短途行驶时导致润滑油早期失效。

一般讲,燃烧醇类燃料的汽车润滑油应该选用适应醇类燃料发动机的润滑油。目前市场上还没有这类润滑油,所以,使用醇类燃料的汽车在使用常规润滑油时应缩短换油周期。

通常我们根据该车的维修保养手册中规定的换油周期进行换油。但由于实际使用环境、条件不同,换油周期应做适当调整。如:广州本田要求换油周期为 5000km,但若行驶于交通拥挤的城市,由于车流量大、车速变化大、走、停频繁,换油周期要比行驶在郊区、国道、高速公路的汽车相对短些,4500km 应换油。即使是同一辆车在同一路况下行驶,在不同使用阶段其换油周期也应有差别;一辆老旧的汽车与它年轻的时候相比,由于各配合副的配合关系的变化,换油周期应相对短些;对于上下班用车,由于启动频繁、停开频繁、行驶里程较少,换油周期就不应该按里程计算,而应按时间计算。对经常走高速,而且行驶速度较高,经常在大负荷下运转的汽车,换油里程也应缩短。

对于货车而言,如果经常超载或满负荷使用,由于在这种工况下润滑油老化的速度会明显加快,换油周期也应缩短。

三、齿轮油的性能与正确应用

1. 概述

齿轮是一种主要的传动机构,用于传递运动、动力,改变转动方向。从齿轮润滑角度讲,齿轮可分为如下三类:

(1)正齿轮、伞齿轮、人字齿轮、螺旋伞齿轮、斜齿轮;

(2)蜗轮、蜗杆;

（3）双曲线齿轮。

上述三类齿轮的几何形状不同，齿轮的啮合方式不同，润滑油膜的形成有显著差异。正齿轮、伞齿轮、斜齿轮、人字齿轮和螺旋伞齿轮容易在齿面上形成润滑油膜。蜗轮、蜗杆齿面相对滑动速度大、摩擦热大，较难解决润滑问题，须使用高黏度并含有摩擦改进剂的齿轮油。双曲线齿轮体积小，传动的动力大，齿面相对滑动速度大，齿面上难以形成润滑油膜，是最难润滑的摩擦副之一，须使用加有高活性极压剂的齿轮油。近代汽车后桥传动装置多采用双曲线齿轮，须使用双曲线齿轮油，即重负荷齿轮油。重负荷车辆齿轮油是润滑性能要求最高的汽车齿轮润滑材料。现代汽车的变速器为了减轻重量、缩小体积、降低噪声，也多采用斜齿轮，对润滑油的要求较高。

2. 汽车传动部分齿轮的润滑

在齿轮加工中由于考虑加工成本的问题，汽车用齿轮的齿面无疑不会相当的平整光洁，会有不同成度的凸起。当齿轮工作时摩擦面被润滑油膜完全隔开，表面凸起点不直接接触，这是较理想的润滑状态，这种润滑状态叫做流体动力润滑，此时，摩擦阻力与润滑油黏度有关。

随着载荷的增加，摩擦面间润滑油膜的完整存在很困难，齿轮表面的凸起点会直接接触，摩擦副进入边界润滑状态。此时的摩擦过程与润滑油的黏度无关，而与齿轮的表面性质和润滑剂的其他性质有关。润滑油中的极性化合物在金属表面上物理吸附或化学吸附，生成吸附膜防止干摩擦。当接触表面温度足够高时，润滑油中的某些添加剂如含有硫、磷、氯的化合物与金属表面发生化学反应，生成固态反应膜，此固态反应膜的临界剪切强度低于基体金属，摩擦副在滑动时的剪切运动就在固态膜中进行，从而防止金属表面出现胶合或擦伤。

流体动力润滑在载荷不太高、不考虑润滑油的黏压效应和金属的弹性变形的情况下可以成立并存在。对于高载荷摩擦副是否会形成良好的润滑油膜与润滑油的黏压效应和金属的弹性变形会有相当大的关联。考虑润滑油黏压效应和弹性变形的流体润滑叫弹性流体润滑。

在实际工作和弹性流体润滑状态下是否能有完整的润滑油膜存在,与摩擦副工作面的加工粗糙度有关。因此,科学工作者提出了油膜比厚的概念,油膜比厚与齿轮润滑有密切关系。

根据科技工作者计算,增加齿轮油黏度可使油膜比厚增大。使用含有极压剂的齿轮油时,极压剂与金属发生化学反应,生成固态反应物,由于运动齿面的"擦抹"作用,一部分固态反应物产物被推挤至表面凹处,这就使表面粗糙度减小,油膜比厚增加。

齿轮装置工作时,齿面所处的润滑状态,既含有弹性流体动力润滑成分又含有边界润滑成分。在启动、停车、低速重载、冲击负荷条件下工作时,主要是边界润滑,在高速、载荷不大时主要是弹性流体润滑。

3. 车辆齿轮油的应用

进口汽车及引进生产线生产的汽车后桥需使用重负荷齿轮油,手动变速器用中负荷车辆齿轮油。使用螺旋伞齿轮的国产汽车后桥使用普通车辆齿轮油或中负荷车辆齿轮油,手动变速器使用普通车辆齿轮油。使用双曲线齿轮后桥的国产汽车使用中或重负荷齿轮油,手动变速器使用中负荷齿轮油。国产中、高档车辆齿轮油可以满足进口和国产汽车的需要。根据以上齿轮油的应用要求可以简单规纳为:根据后桥用油的要求降低一个等级作为手动变速器用齿轮油。推荐用齿轮油列于表2-13,表2-14。

表 2-13　车辆齿轮油推荐表

汽车制造商	手动变速器	后桥	轮边减速器
美国汽车公司	80W/90、85W/90 中负荷齿轮油	80W/90、85W/90 重负荷齿轮油	
克莱斯勒	液力自动变速器 DEXRON、DEXRON2	80W/90、85W/90 重负荷齿轮油	80W/90、85W/90 中负荷车辆齿轮油
福特	80W/90 中负荷车辆齿轮油	80W/90、85W/90 重负荷车辆齿轮油	80W/90 中负荷车辆齿轮油
通用汽车公司	3 速、4 速 80W/90 中负荷车辆齿轮油 5 速液力自动传动液 DEXRON DEXRON2	80W/90 重负荷车辆齿轮油	
日产汽车	80W/90 85W/90 85W/140 中负荷车辆齿轮油	80W/95 85W/90 85W/140 重负荷车辆齿轮油	
富士重工		80W/90 85W/90 中或重负荷车辆齿轮油	80W/90 85W/90 中或重负荷车辆齿轮油
丰田汽车	80W/90 85W/90 中负荷车辆齿轮油	80W/90 85W/90 重负荷车辆齿轮油	
奔驰	内燃机油 10W、20/20W	80W/90 85W/90 85W/140 重负荷车辆齿轮油	

续表

汽车制造商	手动变速器	后桥	轮边减速器
马克	80W/90 85W/90 85W/140 中负荷车辆齿轮油	80W/90 85W/90 85W/140 重负荷车辆齿轮油	
上海大众	80W/90 85W/90 中负荷车辆齿轮油	80W/90 85W/90 重负荷车辆齿轮油	
一汽 CA770	80W/90 85W/90 中负荷车辆齿轮油	80W/90 85W/90 重负荷车辆齿轮油	
二汽	80W/90 85W/90 85W/140 中负荷车辆齿轮油	85W/90 85W/90 85W/140 中或重负荷车辆齿轮油	

表 2-14　车辆齿轮油黏度级别选用表

环境温度/℃	车辆齿轮油黏度级别	环境温度/℃	车辆齿轮油黏度级别
−57～10	75W	−12～49	90
−25～49	80W/90	−15～49	85W/140
−15～49	85W/90	−7～49	140

　　车辆齿轮油的正确使用对于保证齿轮装置的正常工作是至关重要的,用油不当会引起各种故障,如表 2-15 所示。应当指出,必须正确选用合格的齿轮油。因为现代的车辆齿轮油已经成为齿轮装置的结构材料。在齿轮设计中进行齿轮强度计算时已经将齿轮油的黏度和承载能力作为重要参数计算进去。不遵守推荐用油规则,使用不合格的齿轮油必然会降低齿轮装置的寿命。

表 2-15　与齿轮油使用有关的问题

问题	可能原因	改进措施
腐蚀	缺少防锈剂,油中含水、腐蚀性的极压剂污染,如植物酸油氧化产生的酸性物质	用加有足够防锈剂的油,勤排水、勤换油,防止污染物进入油中
泡沫	缺少抗泡剂,抗泡剂析出,油面高度不当,空气进入油中,油中含水	用含抗泡剂的油,补加抗泡剂,控制加油量,防止空气进入
沉淀或油泥	添加剂析出,遇水浮化,氧化生成不溶物	使用储存安定性好的齿轮油,使用抗乳化性能好的油或补充抗乳化剂,使用氧化安定性好的油
黏度增加	氧化、过热	使用氧化安定性好的齿轮油,避免过热
黏度下降	增黏剂被剪断	使用抗剪切稳定性高的增黏剂
不正常发热	齿轮箱中油太多,油黏度太大,齿轮上油量不足,载荷过高,齿轮箱外尘土堆集,妨碍散热	控制加油量,降低油黏度,降低载荷,清洁齿轮箱外表及邻近的金属部件
污染	主机装配或零件加工时留下的磨屑,污物毛刺,由气孔进入的污物	排掉脏油,清洁(洗)齿轮箱,换新油防止污染物由气孔进入齿轮箱
齿面烧伤	缺油,载荷过高	提供足够的油量,降低载荷
点蚀	油黏度小,齿面粗糙,局部压力太大,重载荷下滑动	用黏度高的油,提高齿面光洁度,使用含有极压剂的齿轮油

中、高档包括普通车辆齿轮油是高承载性油品,加有多种极压剂和保持油的防腐蚀性抗泡剂等添加剂,是个不稳定的体系。在热作用下易分解或相互反应生成酸性物质,促进油品老化引起金属腐蚀和锈蚀。所以车辆齿轮油的存放与管理是一个重要问题。车辆齿轮油有严格的质量标准。如果按厂家要求进行严格管理并按推荐方法使用,可提供有效服务并带来经济效益。石油、石化企业对车辆齿轮油有严格管理规程,可以保证产品的出厂质量。

车辆齿轮油在使用过程中会逐渐老化,理、化性质和使用性能发生变化如表 2-16 所示。

车辆齿轮油质量合格,管理合理,使用中油品老化速度慢,油品寿命长。经验表明,对于新出厂的车辆,磨合期结束时必须换油以排除磨合时产生的磨屑,在正常使用条件下要注意齿轮油的质量变化,一旦齿轮油的使用性能达到换油要求,必须及时更换,以免给车辆造成不必要的损失。

表 2-16　车辆齿轮油使用中性质的变化

性质	变化	可能原因	性质	变化	可能原因
溶液的均一性	生成油泥	乳化、聚合、氧化、添加剂反应	黏度	增加	氧化、金属催化
极压性	极压剂消耗	使用时间过长	中和值	生成酸性物质	氧化、金属催化
黏度指数	减小	剪切破坏了聚合物			

四、润滑脂的性能与正确选择

润滑脂,就是人们经常接触的、生活中常见的、被人们称为黄油的一种半固体的润滑油。在这里我把它单列出来作为重点,是因为人们多年以来的认识和观念中认为,黄油在车辆运行中的作用并不是特别的重要和突出,有就行了。其实事实是怎么样呢?由于科学技术的发展,尤其是汽车行业,对黄油的性能、质量的要求越来越高,使用条件越来越苛刻。如果在保养时对黄油的选择不当轻则造成汽车用油部位的转矩消耗过大,使油耗增加,重则造成用油部位机械零件的早期损坏和造成不应有的事故。所以,我们在车辆的正常保养与使用中能否正确选择和使用润滑脂,是我们车辆的油耗和故障率高低的关键。下面我们就从润滑脂的组成、性能、选用原则谈谈润滑脂的正确选择与使用。

1. 概述

(1)润滑脂的概述

润滑脂很早就被人们所熟悉并在工业上被广泛的使用。但是,从理论上给以正确的认识和技术上的发展是从 20 世纪 40 年代以来才开始,也就是说润滑脂性能的提高不过 60 年左右。最早制备的一种润滑脂是用动植物脂肪和石灰反应生成的脂肪酸钙皂稠化石油润滑油而成,即钙基润滑脂,俗称黄油或黄干油。后来又逐渐制成和发展了钠基脂、钡基脂等润滑脂和其他各种金属盐的一些润滑脂。由于润滑油的基础理论、结构与性质之间关系的研究有了进展,尤其是航空工业的发展,对润滑脂的性能提出了更苛刻的要求,因此又发展了性能优良的锂基脂、复合钙基脂、复合铝基脂、复合锂基脂等润滑脂及非皂基的新型润滑脂,例如膨润土润滑脂、硅胶润滑脂、有机染料润滑脂、脲基润滑脂、含氟润滑脂等。这些润滑脂不仅使用了一些无机化合物和有机化合物作为稠化剂,而且也有使用合成润滑油作为基础油的,例如脂类润滑脂、硅油润滑脂及含氟类润滑脂等。

随着润滑脂的发展,它的定义也相应的有所改变。过去的概念是"润滑脂是由各种脂肪酸金属皂稠化石油润滑油而制成的半固体至固体状润滑剂"，现在较为确切的概念是"润滑脂是由一种（或几种）稠化剂和一种（或几种）润滑油液体所组成的具有可塑性的润滑剂"，为了改善某些性能，添加有"性能改善剂"。所以，润滑脂是在液体润滑剂里添加了起稠化作用的物质，把它稠化成为半固体至固体的润滑材料。

（2）润滑脂的内部结构

很多润滑脂的研究工作证明，润滑脂的稠化剂分子或分子聚结体在润滑液体中形成三维的结构骨架，润滑液体就被维系在这种结构空隙里，如同海绵体浸满了液体一样。对脂肪金属盐作为稠化剂的润滑脂，一般认为，脂肪酸金属盐（即皂）分子聚结胶团（通常称为皂纤维或皂胶团）是由它的分子排列而成，分子的极性端（即羧基端）在胶团内部相互吸引，非极性端向着胶团外侧表面，形成了亲油性。这些胶团的形状与大小就决定了润滑脂的性能。

（3）润滑脂的组分

润滑脂是由稠化剂、液体润滑剂和添加剂 3 部分组成。其中液体润剂（又称基础油）所占的比例最大，一般占润滑脂组分的 80%～90%，稠化剂含量为 10%～20%，添加剂占 5% 左右。这 3 种组分在润滑脂中占比例不同，但对润滑脂的某些性能起着重要作用。分别叙述于下。

①液体润滑剂（基础油）

润滑脂的性能基本上取决于它所含有的液体润滑剂的类别，它在润滑脂中占很大的比例，因此，制备润滑脂时选用液体润滑剂是很重要的。

润滑脂基础油的类型和组成能决定润滑脂的高温蒸发性能、低温泵送性能和相似黏度，相似黏度取决于基础油的黏度和凝点，基础油的黏温性能就大致决定了润滑脂的高低温使用范围。

作为工业润滑脂，一般是采用中等黏度和高黏度石油润滑油作为基础油，因其来源广、易得、价廉。

为了适应各种工业的一些精密机械及苛刻条件下工作机械的润滑、密封的需要发展了合成润滑脂。近年来,合成润滑脂的成本不断降低,逐渐在普通机械润滑中推广应用。

一般而言,石油润滑油除了润滑性能外,其他各项性能如黏温性能、高、低温性能、氧化安定性、抗燃性、抗辐射性都比合成润滑油差,超精制石油润滑油的性能有所改善。合成润滑油因类型不同,各有优劣,但大多数性能优良,个别性能较差,如硅油的润滑性能对钢—钢摩擦副较差,酯类油的橡胶溶胀性差等。合成润滑油的价格高于石油润滑油数倍到数百倍。因此,影响其推广使用,作为润滑脂基础油使用最多的仍然是石油润滑油。

制备润滑脂时,选择石油润滑油的牌号主要依据是润滑条件,例如用于低温、轻负荷、高速轴承的润滑脂,以低黏度润滑油作为基础油较为适宜;对于中速、中等负荷、温度不太高的条件下使用的润滑脂,以选用中等黏度馏分油作为基础油;用于高负荷、较高温度和低速工作的润滑脂则选用高黏度馏分油作为基础油较为适宜。

②稠化剂

用于制备润滑脂的稠化剂有两大类:皂基稠化剂,即脂肪酸金属盐(包括单皂、混合皂及复合皂)和非皂基稠化剂(包括烃类、无机类及有机类)。皂基稠化剂制备的润滑脂占润滑脂的90%左右,得到广泛的应用。

③添加剂

为了改善润滑脂的某些性能,要在润滑脂中加入不同的添加剂,有些添加剂对润滑脂的结构起到增强作用,如钙基润滑脂必须添加一定量的水或甘油才能保持润滑脂的胶体结构。但也有一些添加剂如极压剂和防锈剂等极性较强的化合物,添加到润滑脂中虽然能改善润滑脂的极压和防锈性能,但对润滑脂的结构也有一定的不良影响,如使润滑脂的滴点和稠度降低、增大分油量以致破坏脂的结构。

从以上对润脂组分的了解不难看出,润滑脂在制备过程中是要有严格的组成成分和工艺的,一旦组分上出现误差,在工艺上出现不规范,将使润滑脂的性能出现很大的改变,从而出现问题。

(4)润滑脂的作用

①润滑脂的润滑作用

润滑脂的稠化剂,一般情况下一端带有极性基团,另一端为亲油性的非极性基团,这样才能形成维系润滑液体的纤维结构。经X光结构研究证明,含有羧基(COOH)、羟基(IOH)极性端的高级脂肪酸或醇,在非极性润滑油中,其极性端牢固的相互联结,这样就形成了二聚体的叠合,在金属表面形成润滑脂的膜。当金属表面作相对运动时,即起到润滑作用,减低了摩擦表面的阻力,并能降低磨损。

②润滑脂的特性

润滑脂是一个可塑性润滑剂,它具有液体和固体润滑剂的特点,在常温和静止状态下,润滑脂能黏附在被润滑表面,当温度升高和在运动状态下,润滑脂就会变软以致成为液体而润滑摩擦表面。当去掉了外界的热和机械作用因素,它又会逐渐恢复到可塑性状态,具有一定的黏附性。

③使用润滑脂的优缺点

优点是:

a. 不需要经常添加,可降低消耗和维修保养费用。

b. 在润滑部位不易流失,不易飞溅。

c. 具有一定的黏附性,在摩擦表面有良好的保持能力,防止生锈。

d. 有一定的密封作用,防止灰尘和水分的侵入。

e. 具有一定的减振性能,可降低噪声和震动。

f. 能适应苛刻的工作条件,如高温、低速、冲击负荷。

g. 大多数润脂的工作温度范围比润滑油宽。

h. 使润滑机构结构简单、费用降低。

缺点是：

a. 润滑脂黏滞性强，启动力矩大。

b. 流动性差，散热性不好，不能带走被润滑部件在工作时产生的热量。

c. 供脂换脂不方便。

d. 很难调整供脂量，也难以从工作表面清除杂质。

2. 润滑脂的性能

(1)润滑脂的流动性

润滑脂在常温下和不受外力作用时是不会流动的，润滑脂从不流动到开始流动，在常温下需要一定的剪切应力，使润滑脂产生流动的剪切应力称为极限剪切应力。极限剪切应力又称为润滑脂的强度极限，它随润滑脂的种类、稠度及温度不同而变化。

润滑脂的强度极限对它的使用性能有较大意义，因为润滑脂有了一定的强度极限，它才不会从润滑部件上流失；但它的强度极限过大，就会引起被润滑机械的启动困难，或消耗过多的能量。

当润滑脂受外力作用时即产生流动，这个使润滑脂产生流动的力的大小与润滑脂稠化剂纤维结合力有关，纤维间结合力强，驱使润滑脂产生流动所需的力就大；反之，所需的驱使力就小。当驱使润滑脂产生相对运动的力逐渐增大产生相对运动时，润滑脂纤维间即产生了定向作用，使润滑脂的黏度变小，这是润滑脂的特性之一。当外力作用停止时，润滑脂不再受剪力作用，稠化剂的纤维又重新聚合，形成结构骨架。润滑脂这种流动性称为触变性。当润滑脂受到较大的外力作用，纤维受到剪断破坏，它就丧失了结构恢复能力。这时润滑脂的结构就被破坏，失去了润滑能力。

(2)润滑脂的稠度与机械安定性

润滑脂的稠度与润滑脂的种类、稠化剂的用量和基础油性质有关。润滑脂的机械安定性又称为剪切安定性,它表示润滑脂在机械工作条件下抵抗稠度变化的能力。润滑脂在机械力长期作用下,稠度将下降,在极端苛刻的条件下,润滑脂的结构将被破坏而变成流体,从润滑部位流走而丧失润滑作用。这是因为稠化剂的纤维在承受长时间剪断破坏时,纤维将变短导致稠度下降。在遭受轻度剪断时,纤维还可以再度叠合而恢复稠度,这种抗机械剪断作用性能称为润滑脂的机械安定性。

润滑脂的机械安定性随润滑脂的种类、制备工艺的不同而不同。

(3)润滑脂的黏温性能

润滑脂的黏度(称为相似黏度或表现黏度)也和润滑油的黏度相似,随温度而改变。因为润滑脂是一个胶体,所以它的黏度除受温度的影响外还受剪速的影响。不同的润滑脂,它们的黏度随温度、剪速变化的趋势不同。

润滑脂的相似黏度表示了润滑脂内摩擦阻力的大小,与润滑脂的稠化剂、基础油和本身纤维结构有关,润滑脂黏度大即内摩擦阻力大。

低温、低速条件下润滑脂的相似黏度还能预示润滑脂在低温下的启动性能。在低温条件下使用的润滑脂都有低温下相似黏度的要求。

(4)润滑脂的氧化安定性

润滑脂在储存和使用过程中抗氧化能力称为氧化安定性。

润滑脂在储存和工作时,它的基础油和稠化剂都会产生氧化变质,作为稠化剂使用的脂肪酸金属皂能促进氧化作用。作为润滑脂组分的基础油、稠化剂,在单独的试验中抗氧化的能力均较润滑脂好。这是因为基础油中含有天然的抗氧化剂,而在润滑脂中被稠化剂所吸附,所以在基础油与稠化剂的界面上易产生氧化反应。

有的研究工作者测定了不同的皂基润滑脂(相同的基础油，15％皂作为稠化剂)的氧化安定性，结果表明，润滑脂的氧化随不同金属皂而异。一价金属皂比多价金属皂促进氧化的作用大，锂皂促进氧化的作用最大，铝皂最小。

为了改善润滑脂的抗氧化性能，在润滑脂中加入抗氧化添加剂。基础油、润滑脂及加有抗氧化添加剂的润滑脂氧化试验结果表明，基础油抗氧化性好，加有抗氧化添加剂的润滑脂较未加抗氧化剂的润滑脂为好。

润滑脂氧化后，将使基础油黏度变大，作为稠化剂的脂肪酸皂将产生分解并生成酸性物质，它会破坏润滑脂的结构，使润滑脂稠度变小、滴点下降，失去润滑作用，严重时将会腐蚀被润滑部件。

(5)润滑脂的胶体安定性

润滑脂在使用或长期储存中抵抗分油的能力称为胶体安定性。润滑脂在长期储存时表面上会有少量油析出，这种现象称为分油。

润滑脂是一个胶体体系，在凝胶纤维之间依靠毛细作用吸附着一定量的基础润滑油。当胶体体系受到重力或外力作用以及当温度升高时，都会使胶体结构变化而析出基础润滑油，当胶体体系被破坏就会产生纤维结构解体而析出更多的基础润滑油，从而丧失润滑脂的性能。这种胶体体系稳定的程度称为胶体安定性，一般是以在一定条件下测定润滑脂的分油量来表示。

润滑脂在储存中或使用条件下大量分油是不利的，会使润滑脂中的稠化剂含量相对的增加，将影响润滑脂的使用性能。在使用中分出少量的基础油有利于机械部件的润滑，这也是必须的。

润滑脂在轴承中使用加脂量很少，润滑脂基础油在使用条件下除受温度影响有热蒸发损失外，还有由于离心力导致的分油。有人试验，当轴承中润滑脂的基础油损失达50％左右，轴承将得到不良润滑,润滑脂的轴承寿命将终止。

(6)润滑脂的抗水性

润滑脂的抗水性主要取决于稠化剂和基础油的类型,对石油润滑油为基础油的润滑脂,如烃类稠化剂的抗水性较好,不吸水、不乳化,皂基润滑脂的抗水性取决于金属皂的水溶性,如钠皂溶于水,形成油/水型的乳化体而使润滑脂变为流体失去润滑作用,由于水的作用使经常运动的部件生锈、不经常运动的或运动较少的部件因生锈而无法运动和拆卸。铝、钙、钡、锂等皂基润滑脂形成水/油型乳化体,这种乳化体比较稳定,所以润滑脂的结构变化不大。

在潮湿环境下或与水接触的工作条件下工作的机械润滑应选用抗水性能好的润滑脂。

(7)润滑脂的耐热性

润滑脂经受热负荷时,会引起润滑脂结构骨架的纤维分子排列变化。对皂基润滑脂来说,作为稠化剂的脂肪酸皂有固态、液晶态和液态3个相状态变化,称为相变。润滑脂亦有相对应的相变化,随着金属皂基的不同,润滑脂也有不同的相转变点。锂皂相转变点较高,所以锂基润滑脂有较高的滴点。钙基润滑脂中加有一定量的水作为润滑脂的结构稳定剂,温度升高时水会蒸发,使皂基和基础油分离而破坏钙基润滑脂的结构。所以这种润滑脂不能在70℃以上使用,复合钙基润滑脂是由低分子酸钙和脂肪酸钙制成,它的高温性能较好。

非皂基润滑脂(烃基脂例外)没有相转变,因而被称为耐热润滑脂,但影响它们使用温度的极限是基础油热安定性。

3. 常用润滑脂品种及特性

润滑脂中的稠化剂类型是决定润滑脂工作性能的主要因素。不同的稠化剂制成的润滑脂如烃基脂、皂基脂、无机脂、有机脂等各具不同的性能。现将这几类润滑脂的特性简要叙述如下。

(1)烃基润滑脂

以地蜡稠化基础油制成的润滑脂称为烃基脂。烃基脂具有良好的可塑性、化学安定性和胶体安定性,不溶于水,遇水不产生乳化。其缺点是熔点低。主要用于防护。

(2)皂基润滑脂

皂基润滑脂占润滑脂产量的90%左右,使用最广泛最常使用的有钙基、钠基、锂基、钙—钠基、复合钙基等润滑脂。复合铝基、复合锂基润滑脂也占有一定的比例,这两种润滑脂是有发展前途的品种。

①钙基润滑脂是由天然脂肪或脂肪酸用氢氧化钙反应生成的钙皂稠化中等黏度的石油润滑油制成。

a. 熔点在75~100℃,其使用温度不超过60℃,如果超出这一温度,润滑脂会变软甚至造成结构破坏、不能保证润滑。

b. 具有良好的抗水性,遇水不易乳化变质,适用于潮湿环境或与水接触的各种机械部件的润滑。

c. 具有较好的纤维结构,良好的剪断安定性和触变安定性,因此有良好的润滑性能和防护性能。

②钠基润滑脂是由天然或合成脂肪酸钠皂稠化中等黏度的石油润滑油制成。

a. 具有较长纤维结构和拉丝性,可以使用在振动较大、温度较高的滚动或滑动轴承上。尤其适用于低速高负荷机械的润滑。因其滴点较高,可在180℃或高于此温度下较长时间的工作。

b. 钠基脂可以吸收水蒸气,延缓水蒸气向金属表面的渗透,因此它有一定的防护性。

③钙—钠基脂。钙—钠基润滑脂具有钙基脂和钠基脂的特点。

a. 有钙基脂的抗水性,又有钠基脂的耐高温性,滴点在120℃

左右,使用温度范围为 90～100℃。

b. 具有良好的机械安定性和泵输送性,可用于不太潮湿条件下的滚动轴承上。最常应用于轴承和压延机的润滑。可用于润滑中等负荷的电机、鼓风机、汽车底盘、轮毂等部位。

④锂基脂是由天然脂肪酸(硬质酸或 12-羟基硬质酸)皂稠化石油润滑油或合成润滑油制成。由合成脂肪酸锂皂稠化石油润滑油制成的,称为合成锂基润滑脂。

因为锂基润滑脂具有多种优良的性能,被广泛用于飞机、汽车、机床和各种机械设备的轴承润滑。

a. 滴点高于 180℃,能长期在 120℃左右环境下使用。

b. 具有良好的抗水性,可作用在潮湿和与水接触的机械部件的润滑上。

c. 具有良好的机械安定性、化学安定性和低温性,可用在高转速的机械轴承上。

d. 锂皂稠化能力较强,在润滑脂中添加极压剂、防锈剂等添加剂后制成的多效长寿命润滑脂具有广泛用途。

⑤复合钙基润滑脂用脂肪酸钙皂和低分子有机酸钙盐制成的复合钙皂,稠化中等黏度石油润滑油制成。

a. 耐温性好,润滑脂滴点高于 180℃,使用温度可在 150℃左右。

b. 具有良好的抗水性、机械安定性和胶体安定性。

c. 具有较好的极压性,适用于较高温度和负荷较大的机械轴承润滑。

d. 复合钙基润滑脂表面易吸水硬化,影响它的使用性能。

⑥复合铝基润滑脂是由硬脂酸和低分子有机酸(如苯甲酸)的复合铝皂稠化不同黏度石油润滑油制成,因有各种良好特性,适用于各种电机、交通运输业、钢铁企业及其他各种工业机械设备的润滑。

a. 具有短纤维结构、良好的机械安定性和泵送性,因其流动性好,适用于集中润滑系统。

b. 具有良好的抗水性,可用于较潮湿或有水存在下的机械润滑。

⑦复合锂基润滑脂是由脂肪酸锂皂和低分子有机酸锂盐(如壬二酸、癸二酸、水杨酸和硼酸盐等)两种或多种化合物共结晶,稠化不同黏度石油润滑油制成。广泛用于轧钢厂炉前辊道轴承、汽车轮毂轴承、重型机械、各种高温机械以及齿轮、涡轮、涡杆等的润滑。

a. 有高的滴点,具有耐高温性。

b. 复合锂皂纤维强度高,在高温条件下具有良好的机械安定性,有长的使用寿命。

c. 良好的抗水性,适用于潮湿环境下工作机械的润滑。

(3)无机润滑脂

主要有膨润土润滑脂及硅胶润滑脂两类。表面改质的硅胶稠化甲基硅油制成的润滑脂,可用于电气绝缘及真空密封。膨润土润滑脂是表面活性剂(如二甲基十八烷共基氯化铵或铵基酸皂)处理后的有机膨润土稠化不同黏度的石油润滑油或合成油制成。适用于汽车底盘、轮轴承及高温部位的轴承润滑,它具有以下特点:

①膨润土润滑脂没有滴点,它的高温性能决定于表面活性剂和基础油的高温性能,它的低温性能决定于选用的基础油类型。稠化剂的用量对脂的低温性能也有影响。

②具有较好的机械安定性和胶体安定性,但机械安定性随表面活性剂的类型而异。

③对金属表面的防腐蚀性较差。因此,润滑脂要添加防锈剂以改善这个性能。

(4)有机润滑脂

各种有机化合物稠化石油润滑油或合成润滑油制成,各具不同特点,这些润滑脂大都作为特殊用途。如阴丹士林、酞菁铜稠化合成润滑油制成高温润滑脂,可用于 200～250℃ 的工作环境下工作;含氟稠化剂如聚四氟乙稀稠化氟碳化合物或全氟迷制成的润滑脂可耐强氧化,作为特殊部件的润滑;又如聚脲润滑脂可用于抗辐射条件下的润滑等。

聚脲润滑脂是脲稠化剂稠化石油润滑油或合成润滑油制成,耐高温性能好,在 25～225℃ 宽范围内脂稠度变化不大,由于稠化剂中含金属离子,消除了高温下金属对润滑脂的氧化催化作用,所以氧化安定性好,脲基润滑脂在 149℃、10000r/min 条件下,轴承运转寿命超过 4000h。

聚脲润滑脂是近 10 年来迅速发展的一种应用广泛的产品,用于钢铁工业高洗部位的润滑,用于食品工业和电力、电子以及长寿命密封轴承的润滑。

4. 汽车用润滑脂

在前面我们对润滑脂各方面性能进行了概述,并介绍了多种润脂的性能及用途,那么我们汽车各部位的润滑应选用什么样的润滑脂呢?下面我们根据汽车不同部位的工作条件、应该选用什么样的润滑脂才能使我们的汽车性能保持良好、降低油耗、延长寿命、减少维修费用进行详细介绍。

(1)轮毂轴承润滑脂

对于卡车,润滑脂用量最大的部位是轮毂轴承。如解放、跃进、福田、江准等中型货车及中型客车平均一台车用脂量 1kg,平均一个车轮用 250g 左右。一般填充量占轮毂空腔的 1/2～1/3,考虑卡车载重较大,采用线与面接触的圆锥滚子轴承,由于圆锥滚子轴承的两端负荷很大,极易磨损,要求润滑脂有很好的极压性、抗水性、较好的高、低温性能、良好的成膜性、适应汽车高速化的要求、更长的寿命。随着高速公路的发展及普通公路状况的改善,汽车技术的不断发展,货车与客车的运行速度越来越高,对润滑脂的要求也越来越高,根据目前市场上供应的润滑脂的性能,推荐使用锂基脂、复合锂基脂及脲基润滑脂。

轿车轮毂轴承用脂量少,一个轴承的用脂量 $20\sim30g$,考虑(有部分)轿车前轮要负责转向及驱动,选用的又是角接触球轴承,更容易磨损,对润滑脂的要求非常苛刻,一般选用合成复合锂基润滑脂或合成聚脲基润滑脂以适应其高温、高速、大负荷、长寿命、安全的要求。

目前轮毂轴承可分为圆锥滚子轴承和角接触球轴承。圆锥形轮毂轴承工作状况比较苛刻。汽车直线行驶时,内侧车轮轴承内圈外端向上翘,而拐弯时外侧车轮向下倾斜,这样一来,内外圈之间相互倾斜形成边缘负荷,从而出现应力集中,致使早期疲劳剥落现象产生,一般表现为轴承外圈滚道的小头负荷区出现痕带。另外,轮毂轴承的滚子大端面和轴承内圈大挡边之间有一滑动接触区,该区的摩擦形式十分复杂,润滑也十分苛刻。对于双列角接触球轴承,汽车在行驶中的转向力将引起典型的内部负荷分布,这种负荷分布随横向加速度而增加的赫兹力来确定,也就是说赫兹应力随着横向加速度的增加而加大。汽车轮轴承作为汽车的一个非常重要的元件,其润滑技术和轴承本身的不断改进密切相关。

①轮毂轴承的单元化

轿车轮毂轴承已经历了四个发展阶段。第一代为普通双列轴承;第二代为单法兰双列轴承;第三代为双法兰双列轴承;第四代为日本的 SK 公司已推出的轮毂轴承和万向节完全一体化的单元化元件。发展方向体现了结构灵活、紧凑、维护方便、小型轻量等设计理念。单元化的轮毂轴承负荷会更大,温升会更高。

②高速高温化

随着汽车发动机技术的进步和路面条件的改善,使汽车速度的提高成为现实。同载荷下由于高速所产生的动能增量,有很大一部分以热能的形式散发。另一方面,盘式制动器的推广使用与ABS制动系统的普及,由于结构和工作原理的因素,也是轮毂轴承温度升高的一个原因。

在实际应用中,轮毂轴承的损坏大多数由于外界的污物、水、漆斑等进入导致润滑不畅所引起,其中水汽进入是润滑失效的一个主要原因。另外由于密封不严、润滑剂的泄漏,使制动失灵引起事故也时有发生。

根据以上分析可见轮毂轴承润滑脂工作条件之苛刻,所以在选用润滑脂时一定要符合轮毂轴承这种苛刻的工作条件。普通锂基润滑脂在150℃流失严重,所以,一般推荐使用复合锂基润滑脂和脲基润滑脂。

(2)电器部件、辅助设备轴承用润滑脂

汽车上,电器设备是必不可少的,如交流发电机、启动机、冷气装置用电磁离合器轴承、空转轮风扇等,这些电器都用润滑脂润滑。同时汽车的其他辅助机械设备如水泵、皮带胀紧器、风扇的运转也是装有润滑脂的轴承来完成。由于这些设备用的是密封深沟球轴承,其工作原理大体相同,只是由于各自的工作环境不同,致使润滑脂的应用出现差别。

①交流发电机轴承用润滑脂

交流发电机是利用发动机带动发电机并把交流电变为直流电供给蓄电池、点火、照明等装置使用。

汽车的轻型化、紧凑化使发电机的体积更小,离发动机更近。同时随着附属电器的增加,为了确保发电量,发电机的转速也必须提高。另外发电机的安装位置有泥水侵入的可能。交流发电机轴承多采用密封深沟球轴承,内径为8~17mm,转速为15 000~18 000r/min,最高外圈温度为130℃,寿命在1000~2000h。该部位应选用合成油锂基润滑脂或聚脲基稠化合成油制成的润滑脂,以满足该部位对长寿命、高转速、抗水性能、高温性能的要求。

②冷气装置电磁离合器轴承用润滑脂

电磁离合器和压缩机直接相连,控制压缩机的启动和停止。它的热量由一定压力下高速旋转的摩擦热和高温压缩机辐射热而来。该部位多采用非接触橡胶密封的双列向心球轴承,内径一般为 30～40mm,转速为 7000～12 000r/min,轴承最高温度为 130℃左右,要求运转寿命 500～1200h,应该选用耐高温的复合锂基润滑脂或聚脲基润滑脂进行润滑。

③涡轮增压器轴承用润滑脂

涡轮增压器是为发动机汽缸提供高于大气压的空气装置,一般为叶片式。对空气做功产生的热量,叶片相对运动产生的摩擦热、废气的热量共同作用下,废气涡轮增压器的温度可达 150℃。一台废气涡轮增压器一般由一套内径 35～40mm 的密封滚针轴承和一套 25～30mm 的密封深沟球轴承及几套内径为 10mm 的密封滚针轴承组成。转速为 5000～7000r/min,现代新型涡轮增压器的转速可高达 10 000～20 000r/min。最高温度可高达 130～160℃,要求运转寿命为 700～900h 以上。高温系列润滑脂应该是这些轴承用脂的首选,如复合锂基润滑脂、聚脲基润滑脂,其中应该注意的是:滚针轴承的润滑要求,润滑脂中不应含有大颗粒的添加剂和一定温度下启动运转力矩不能太高。

④冷却风扇液体联轴器轴承

液体联轴器是用来调节冷却风扇转速的装置。它依靠高黏度硅油的黏性阻力来带动风扇的双金属感受机构,高黏性硅油的内摩擦力在联轴器工作时放出大量的热,使轴承温度高达 180℃。所用轴承多为带氯丁橡胶密封的深沟球轴承,内径为 20mm,内外径同方向运转,相对运动速度为 5000r/min,要求寿命 200h,所用润滑脂多为以高黏度硅油为基础油的复合锂基润滑脂或聚脲润滑脂。

⑤水泵轴承用润滑脂

汽车水泵是水冷式发动机必不可少的部件。为了满足简单、紧凑、高负荷的要求,现代水泵轴承设计成有研磨滚道的实心轴为内圈,两个支撑外圈连成一体共同承受皮带轮和泵转子的双列球或滚子结构。该轴承很容易接触以水和乙二醇为组分的冷却液而造成锈蚀。由于受发动机热辐射、循环冷却液及本身散热困难等多重因素影响,该部位温度高达 120～130℃,转速可达 7000r/min。近年来,国外水泵轴承多采用抗水优良、长寿命的锂基润滑脂或聚脲基润脂进行润滑。胺钠盐型润滑脂也满足该部位的需要。

⑥离合器用润滑脂

离合器踏板、离合器分离叉、离合器分离轴承、制动踏板轴都需要润滑,由于离合器轴承做周期性运动,易受外界水、尘埃等污染,润滑脂需要良好的极压性、抗水性,同时需要具有良好的耐高温性能,抗剪切、要求振动值低。

⑦其他部位用润滑脂

汽车其他操作联结部位各铰链处和其他有相对运动的部位需要耐高温、抗水、极压性好、黏附性好、长寿命的润滑脂如二硫化钼等。

5. 润滑脂使用过程中的问题解答

(1)润滑脂在轴承中的填充量多少为适宜?

润滑脂的填充量对轴承的运转和润滑脂的消耗量影响很大,一般认为轴承和轴承位置的空腔内润滑脂填充得越多越好,但有关部门的研究与试验中所得结果打破了人们这种观念。试验表明轴承及轴承位置空腔中填充过量的润滑脂,不但会使润滑脂的消耗量增加,而且会使轴承的阻力转矩过大、能量消耗增加,引起轴承温升过高,从而导致润滑脂溶化并漏失;反之,填充不足或过少可能会产生轴承干摩擦而损坏轴承。一般讲,对密封轴承,润滑脂的填充量以轴承内部空腔的 1/3～2/3 为宜,注意,这是在将轴承本身的润滑脂填抹好的前提下。

(2)润滑脂在使用中是否要补充和更换?

润滑脂在使用中和发动机润滑油一样也会产生氧化变质、基础油减少,和润滑油不同的是:由于在工作中受到负荷和转速的影响,会使润滑脂的胶体纤维被破坏或者混入杂质而使润滑脂失去润滑作用。因此,必须定期补充和更换润滑脂,以保证被润滑部件的润滑和机械性能。

轴承再润滑的周期依轴承的大小、相对运动速度、负荷、工作温度以及轴承的密封效果等因素而异。

(3)不同类型润滑脂在使用中补充和更换周期有何差异?

以石油润滑油为基础油的不同类型润滑脂为例,由于稠化剂不同,所制备的润滑脂的使用温度不同、胶体安定性不同,承受负荷的能力不同,抗氧化能力不同等,它们的清洗更换周期和补充润滑脂的周期也不同,如锂基润滑脂和复合钙基润滑脂如表 2-17,表 2-18。

表 2-17　锂基润滑脂补充更换和轴承清洗周期

工作温度/℃	补充更换周期/月	轴承清洗周期/月	工作温度/℃	补充更换周期/月	轴承清洗周期/月
120	1	1	94	3	6～9
109	1.5	2～3	77	12	12～24

表 2-18　复合钙基润滑脂(极压)补充更换和轴承清洗周期

工作温度/℃	轴承清洗周期/月		补充更换周期/月
	排脂良好	排脂不良	
150	6	4	350h
120	9	6	500h

工作温度/℃	轴承清洗周期/月		补充更换周期/月
	排脂良好	排脂不良	
107	2～3		1.5
94	6～9		3
77	12～24		12

(4)汽车轮毂轴承采用空毂润滑方式效果如何?

过去汽车轮毂轴承均采用满毂润滑方式,一是用脂量增加形成浪费;二是轮毂中过量的润滑脂在行车过程中散热不好,使温度升高,润滑脂的胶体安定性被破坏造成溶化漏失,有时漏到制动系统因影响制动效果出现事故。

从20世纪60年代起,我国石油供应部门、科研及交通运输部门对汽车轮毂的润滑进行了空毂试验并取得了良好的效果。其结果是:

①空毂润滑:汽车运行正常,不会影响车辆保养期、车辆性能、轴承寿命。

②节约润滑材料,每辆卡车能节省4～5kg。

③减少了漏失,保证了安全。

现在这种润滑方式已在全国推广使用。

(5)润滑脂在使用中质量会有哪些变化?如何判别?

润滑脂在工作中由于受到外部环境(如空气、水、粉尘或其他有害气体等)的影响,及机械部件相对运动产生机械力(如冲压、剪断等)的作用,将发生两方面的变化。

①化学变化:润滑脂组方(基础油、稠化剂)因受光、热和空气的作用,可能发生氧化变质,基础油遭受氧化后生成微量的有机酸、醛、酮及内脂等组分、稠化剂中脂肪酸、有机的金属盐有可能发生分解而形成微量的有机酸等。因此,产生酸性物质(润滑脂酸值

增大)导致被润滑部件腐蚀、锈蚀,并失去润滑、防护作用。

②物理变化:由于机械作用使润滑脂结构变差乃至破坏,润滑脂稠度下降,润滑效能变差或由于机械润滑部件密封条件不好导致润滑脂中混入泥土、杂质和水分使润滑质量变差。

判别的方法:用肉眼观察或手感有灰尘、机械杂质或因混入水分润滑脂乳化而变白、变浅或稠度变小,或有明显油脂酸败味等都说明润滑脂变质。

(6)润滑脂储存后变硬(稠度增大)可否加入基础油稀释后再使用?

大多数润滑脂在储存一定时间以后,稠度(即锥入度测定值)变大,即有变硬情况,若不超过一个稠度号,可直接使用,不影响做一般润滑用。若稠度变化很大,表示基础油分出过多,可能会增大机械部件润滑时摩擦阻力、增加机械动力消耗,不宜直接使用。

有的用户在已变硬(或变稠)的润滑脂中加入基础油调稀,使脂的稠度变小(即变软)后使用,此办法用户不宜采用。因缺少必要的设备进行均化处理,润滑脂的胶体安定性会因此而变差、分油量增大影响使用。

已变稠的润滑脂,其他理化指标变化不大时,在生产厂可以加入相同的基础油,再经过均化处理并分析检测合格后是可以使用的。

(7)不同类型润滑脂能否互相混用?

基础油类型相同(如都是同一种牌号的石油润滑油或其他同一种基础油)的润滑脂,但皂基或稠化剂不同,不宜简单混用。对某些类型的润滑脂,如钙基润滑脂与钠基润滑脂,锂基润滑脂与复合锂基润滑脂,可以相互混合使用,一般不会导致性能变化。

但极压性润滑脂,含有各种活性组分,相互混用时,会发生添加剂相互干扰,使润滑脂的胶体安定性或机械安定性变差,影响其使用性能。不同类型的脂混用之前应做混合后润滑脂的性能测定,确定无影响时再使用。

(8)如何判断轴承润滑脂在使用中失效?

轴承润滑脂要求的指标很多,主要是胶体安定性(分油量)、机械安定性(10万次剪断试验,延长工作锥入度值)和氧化安定性,这三个指标综合结果,即是轴润滑脂的寿命。

在轴承中运转的润滑脂遭受机械力的破坏,会使稠化剂的纤维变短、碎裂,降低了维系润滑脂结构的能力。如果稠度变化很大会产生从工作表面流失的现象;同时在机械运转工作时润滑脂受到温度升高的影响,基础油会产生蒸发而减少或部分基础油由于胶体的破坏而分油损失都会使润滑脂的含油量减少,也有产生氧化变质的可能。

因此,对轴承润滑脂来说,工作后润滑脂内基础油含量低于60%～70%时(即基础油蒸发或因分油损失30%～40%)将降低甚至丧失润滑能力,导致轴承损坏。

五、制动液的组成、性能、正确使用与选择

汽车制动液或叫刹车油,是汽车液压制动系统中传递动力,使车轮制动器实现制动作用的能量传递介质。其质量好坏、选择的制动液是否符合车辆对制动液的要求、是否能正确使用、能否使制动液保持良好的状态,对制动系统的可靠性、对人、车安全将产生直接的影响。多年来我国大部分驾驶员与维修人员对这一块注重很是不够,认为:①有制动液就行了,岂不知制动液在使用中将产生性能的变化,而性能的变化给人车安全造成的潜在的危险是多么巨大;②不注意制动液国际国内的发展状态,认为缺了补充就行了,哪知道由于市场上供应的制动液良莠不齐,其质量不能达到制动系统安全可靠的要求,从而给人车安全造成潜在危险;③对制动液在使用中产生的变化不了解,有的车辆几年也不换制动液,在行

车中制动系统已时刻有失灵的危险而不知,从而给事故率升高创造了条件。下面就汽车制动液的概况,国内汽车制动液研究发展现状,汽车制动液质量指标,汽车制动液产品的现状及存在的问题,制动液的分类及主要性能,汽车制动液的选用原则和有关问题的解答等介绍给大家,使大家能对制动液有一个基本全面的了解,以消除不同的误解及安全隐患,使自己节省开支。

1. 汽车制动液概况

自从 20 世纪 30 年代初汽车开始使用制动液以来,制动液经历了 3 个品种类型,即蓖麻油醇型制动液、矿物油型制动液和合成型制动液。

蓖麻油醇型制动液因其平衡回流沸点只有 80℃,高、低温性能差,高温条件下使用易产生气阻,低温条件下使用易发生制动迟缓而导致制动失灵,因此,美国早已淘汰了蓖麻油醇型制动液。

矿物油型制动液的优点是:高、低温性能好,不易产生气阻或低温制动失灵,防锈性能好,润滑性能好,制动灵活。但其缺点也很明显,对于天然橡胶适应性差,总泵与分泵皮碗容易胀裂而发生事故,与水不相溶,少量水进入后在高温条件下易汽化产生气阻导致刹车事故。目前,除少数国家外,大部分国家已不再使用。

鉴于上述制动液性能上存在的缺陷,合成型制动液应运而生,国内外开展了大量的研究工作,目前,合成型制动液主要有三类,即醇醚型、醇酯型、硅油型。在合成制动液中 DOT3、SAEJ1703 制动液属于中低级产品;酯型 DOT4、SAEJ1704,超级 DOT4 制动液属于中、高级产品,硼酸酯型 DOT5.1 和硅油型 DOT5 属高级产品。

醇醚型制动液于 20 世纪 50 年代研制成功,主要采用的是乙二醇体系。该制动液具有较高的平衡回流沸点,较低的低温黏度,良好的橡胶适应性和对金属零部件腐蚀较低等特点。缺点是:聚乙二醇醚吸收空气中的水分后易产生水解,生成低沸点共聚物以及少量酸性物质,从而导致高温性能下降(低温黏度增加,流动性变差),使用条件苛刻时也容易发生气阻;随着水分的增加,低温黏度显著增加,高、低温性能下降,降低制动液对金属的防护性能,加快制动系统金属零件的锈蚀、腐蚀和磨损。美国联合碳化物公司对醇醚型制动液吸湿性能的测试结果表明:醇醚型制动液在相对湿度75%的室温下放置一段时间后,其含水量高达17%。可见醇醚型制动液的吸水性之强。

　　20世纪70年代初,随着汽车工业和高速公路的发展,具有高干、湿平衡回流沸点、较低低温黏度和低水敏感度的新一代合成制动液成为各国制动液制造商的研究热点。为此,美国联邦运输部(DOT)于1972年提出了DOT3、DOT4和DOT5制动液标准,首次在性能指标中增加了湿平衡回流沸点指标,以评价水分对制动液高、低温性能的影响,主要是高温性能。

　　为了提高平衡回流沸点和减少吸湿性,人们经研究发现醇酯型制动液有比较突出的表现,尤其是硼酸聚乙二醇醚酯类化合物能显著降低水分对醇脂型制动液沸点的影响。由于硼酸酯能与水发生化学反应而减少制动液中溶解水或游离水的存在,从而改变制动液的水敏感度,因而使得硼酸酯型制动液得到快速发展。国外许多公司、厂家对此做了大量的研究工作。

　　随着对聚乙二醇醚及硼酸酯技术研究工作的深入,进入20世纪80年代后,人们又相继研制出了具有比DOT4制动液高、低温性能、使用寿命更优异的乙二醇醚硼酸酯型超级DOT4和DOT5.1制动液。超级DOT4制动液是欧洲国家在DOT4制动液基础上研制的具有更高干、湿平衡回流沸点、更好低温性能和更长使用寿命的高质量制动液。虽然它不是一个正式的制动液级别,但被许多国家认可,并在汽车制造厂及维护保养时配装这种制动液。DOT5.1制动液是满足DOT5性能指标要求的合成硼酸酯型制动液,与DOT3、DOT4制动液具有很好的相溶性。为了与硅油型 DOT5 制动液区分开,美国汽车安全标准 FMSSNO0116《机动车制动液》规范把该类产品定为 DOT5.1。美国、日本、俄罗斯和少数欧洲国家已经有 DOT5.1 制动液供应市场。

　　在硅油型(称硅酮型)制动液研究方面,美国处于领先地位,早在 1967 年就开始了硅酮型制动液的研究工作。经过 11 年的试验室全面性能试验和实际行车试验,1978 年颁布了 MIL-B-46176 硅酮型全天候汽车通用制动液规格,批准该型制动液可用于国防部所属各部门车辆,允许使用的环境温度范围为 -55~55℃。硅酮型制动液具有优异的高、低温性能,是一种全天候制动液。它吸水性小,吸湿后的沸点和黏度几乎不变,可防止因水分的积聚而腐蚀金属部件;不会引起电化学腐蚀;对制动系统所有金属、非金属材料都有较好的相溶性,使用寿命长,从而减少了制动系统大修和更新零件的频率,制动系统的设计也有了较强的灵活性;无毒、无味、无刺激,不需要采用特别防护措施。制动系统运转安全,即使在 250℃高温和 -40℃的严寒地区,在干热或潮湿等恶劣环境下,仍能安全运转,提高了车辆的机动能力。但硅酮型制动液成本高,其成本是醇醚型制动液的 2~3 倍,且与醇醚型制动液不相溶。

　　值得注意的是,纯硅油不能满足汽车制动液的全部性能要求。主要原因在于硅油的润滑性、相对橡胶皮碗的溶胀性较差。但在硅油中加入乙二醇醚磷酸酯、癸二酸酯等酯类油所必要的添加剂或制成聚醚基、酯基的改性硅油,则可以得到高性能的汽车制动液。

　　为了在保持硅酮型制动液优异的高温性能基础上解决与硼酸酯型制动液的相溶性问题,20 世纪 80 年代,人们研制成功了硅酯型制动液。由于硅酯的化学结构、物理特性不同于硅酮,其结构与硼酸脂类似,因此,能与乙二醇醚硼酸酯型制动液相混溶。

　　表 2-19 列出了 DOT3、DOT4、超级 DOT4、DOT5、DOT5.1 等合成制动液的主要性能指标对比。这些产品的其他性能指标,

如金属的防腐蚀性,橡胶皮碗的相溶性,抗氧化性能,液体稳定性等则基本相同。

表 2-19　　几种制动液主要性能对比

项　　目	干平衡回流沸点/℃	湿平衡回流沸点/℃	运动黏度(−40℃)/(mm²/s)
DOT3 指标	205	140	1500
DOT4 指标	230	155	1800
超级 DOT4 认可值	260	180	1800
超级 DOT4 典型值	270	185	1350
DOT5 指标	260	180	900
硅酮型 DOT5 典型值(1)	310	310	250
DOT5.1 指标	260	180	900
硼酸酯 DOT5.1 典型值	265	185	850
硅酮型制动液典型值	310	260	1350

注:硅酮型制动液没有真实沸点。

针对这些要求,世界各国相继制定了制动液标准,其中美国工程师协会、联邦政府运输部及美国陆军总部制定的 SAEJ1702、SAEJ1703、SAEJ1705、FMVSSNO. 116、DOT3、DOT4、DOT5 及 MIL—B—46176B 三个标准系统最为完善,它们集中反映了当前世界上制动液的技术革新水平和发展趋势,其他国家或组织制定的制动液标准,如国际标准化组织制定的 ISO—4925、日本工业标准 JISK—2223、澳大利亚标准 A31960—1983 均是参照上述美国的有关标准制定的。

2. 国内汽车制动液研究发展现状

与国外制动液相比,我国制动液研究工作长期处于比较落后的状态,主要表现在制动液品种较少,低档产品多、高档产品少,产品质量参差不齐,研发水平落后,近年来这种情况有所改善。

1970 年以前我国汽车主要使用蓖麻油醇型制动液,大部分地区直至 20 世纪 80 年代还在使用。随着进口车辆和国产红旗轿车对高质量制动液的要求,研制具有较高质量水平的制动液引起人们的重视。从 20 世纪 70 年代开始醇醚型制动液的研究工作。无锡炼油厂、重庆一坪化工厂,分别研制出 719 和 4603 合成制动液,基本上解决了高温气阻问题,但其吸湿性、低温性和防锈性较差,与 SAEJ1703 规格要求相比仍有差距。

为了进一步改善防锈性能和低温性能,重庆一坪化工厂又开展了酯型制动液研究,1980 年后相继研制出了 4603—1、4604 和 4606 合成制动液。4603—1 制动液具有较高的使用温度和较好的防锈性能,除 − 40℃ 运动黏度外,其余指标均符合 DOT4 和 SAEJ1704 规格要求,从而使我国合成制动液首次达到国际产品标准。

20 世纪 80 年代后期,随着我国汽车工业的快速发展以及由公安部、交通部联合提出,交通部公路科学研究所起草的国家标准 GB10830—89《汽车制动液技术条件》的实施,醇型制动液被强制淘汰,我国汽车制动液行业进入了一个大的发展时期。研究和生产汽车制动液的科研单位和生产厂家显著增加,制动液的总体质量水平有了较大提高。尤其是在中国石化总公司提出,一坪化工厂起草的 GB12918—91《HZY2、HZY3、HZY4 合成制动液标准》颁布实施后。由于该标准是参照 SAEJ1703 和美国联邦运输部机动车辆安全标准 FMVSSNO116《机动车制动液》制定的,各种性能指标要求比较全面,在当时的条件下基本达到了国际同类产品质量水平,从而使我国制动液研究工作更加深入。

　　目前,虽然我国汽车制动液行业在管理上还存在某些不尽完美之处,一些中小企业生产的制动液产品质量不高,每次国家技术监督部门对制动液产品进行质量抽查时产品合格率较低,但从我国制动液行业已经达到的技术水平看,已完全能够满足我国汽车行业发展的需要,并能向汽车厂家提供满足不同质量等级要求的合成制动液产品。我国中、高级合成制动液产品的高低温性能对比见表 2-20。

表 2-20　国产合成制动液高低温性能对比

制动液名称	平衡回流沸点/℃	温平衡回流沸点/℃	运动黏度(—40℃)	运动黏度(100℃)
沈阳奥吉娜 DOT4	248	150	1645	2.1
TEEC6000 超级 DOT4	264	170	1212	2.1
重庆一坪 4606DOT4	238.5	150.5	927	1.9
一汽红旗超级 DOT4	258.5	173	1196	2.1
一汽超级 DOT4	246	171	1097	2.1
莱克 901-4DOT4	259.5	151.5	1112	2.0
无锡 7104-1DOT4	252	160.5	1379	2.0
军用合成制动液	266	187	705	2.1
DOT4 指标值	230	155	1800	1.5
DOT5.1 指标值	260	180	900	

3. 制动液的分类

　　自从 20 世纪 30 年代开始使用制动液以来,汽车制动液的发展经历了 3 个品种类型,即醇型汽车制动液、矿物油型制动液和合成型汽车制动液。

（1）醇型汽车制动液

醇型汽车制动液的原料是以蓖麻油和低碳醇类为主，由精制的蓖麻油45％～55％和低碳醇（乙醇或丁醇）55％～45％调配而成，经沉淀获得无色或浅黄色清澈透明的液体，即醇型制动液。蓖麻油加乙醇为醇型1号，蓖麻油加丁醇为醇型3号。醇型制动液的原料易得，合成工艺简单，产品润滑性好。缺点是沸点低，低温时性质不稳定。

醇型制动液工作温度一般为70～90℃，但当车辆下长坡等频繁制动时，制动液温度可高达110℃，由于现代汽车盘式制动器和ABS制动系统的大量使用，现代轿车和重型货车的制动液温度可达到150℃，甚至更高。在这种情况下，醇型制动液就会发生气阻，失去制动。醇型制动液1号在45℃以上时出现乙醇蒸气，产生气阻；在－25℃时蓖麻油呈现出乳白色胶状物析出，并随温度降低而增加，胶状析出物堵塞制动系统，使制动沉重失灵。在醇型3号皮碗试验中发现，制动液稍有变深，丁醇有溶解、腐蚀橡胶的现象，在－28℃时也有白色沉淀物析出。有的文献介绍加入甘油调整，但在低温下仍有沉淀且分层。在严寒冬季和炎热夏季，汽车不宜使用醇型和改进醇型制动液。

美国早在20世纪中叶就淘汰了醇型制动液产品。1970年以前我国几乎全部使用醇型制动液。80年代以前在市场上仍占有相当份额，到现在市场上也还有销售。改革开放以后，随着进口车辆和国产轿车整车技术性能的要求不断提高，对汽车制动液的要求越来越高，因此，低档次醇型制动液已经被合成型制动液所代替。

（2）矿物油型制动液

由于醇型制动液在恶劣环境下不能完全满足汽车制动对它的要求，人们开展了对矿物油型制动液的研究。

矿物油型制动液是以精制轻柴油馏分经深度脱蜡得到的

C12—C19 异构烷烃组分，添加稠化剂、抗氧剂与肋剂调合而成。矿物油型制动液无统一质量标准，多采用企业标准。按企业标准生产的 7 号、9 号矿物油型制动液，外观为红色透明液体，具有低温流动性好的特点，7 号更适用于严寒地区作用。

矿物油型制动液具有温度适应范围宽（可以从−50～150℃）、低温流动性和润滑性好、对金属的腐蚀性低、换油周期长等优点。在我国各地、各季节均可作用。缺点是橡胶适应性差，必须与丁晴橡胶制品匹配使用，且不能与水混溶，混进水后易形成油水分离状态，以及在高温下因水蒸气蒸发而产生气阻。从整体来看，矿物油型制动液的技术指标较低，现在除在部分国家还有应用外，在大部分国家已经淘汰，在我国基本上就没有被推广使用。

（3）合成型制动液：随着汽车制造技术的更新发展、新技术的应用，新材料、新工艺、ABS 防抱死制动系统采用、盘式制动器的推广使用，使制动系统的温度不断升高，所以对制动液的要求不断提高，要求制动液有更好的流动性，抗气阻能力，有较高的干湿沸点。因此，DOT4 甚至更高沸点的制动液需要量正逐年增加。由于合成型制动液的使用性能高，品种多应用范围广，因此，是目前使用最多、研究最为充分的一类制动液。

合成型制动液由基础油、稀释剂和添加剂三个部分组成。在现代的制动液配方中除少量的硅酮型制动液外，基础油、稀释剂几乎全部使用聚醚及其衍生物。它的工作温度范围较宽，具有较高的抗气阻能力，低温流动性好，抗氧化、抗腐蚀等优点，被广泛应用于高速大功率重负荷和制动频繁的机动车上，适于在湿热气候、气温较高、对制动气阻要求苛刻的各种型号轿车和载重车上使用。

4. 制动液的主要性能

随着汽车性能的提高，新技术，新材料的应用，对制动液的要求越来越高，现代汽车要求制动液在制动过程中传力迅速而准确，使制动安全可靠,化学安定性好,橡胶及金属材料适应性好,与橡胶相溶性好,高温抗气阻性能好,低温流动性好等。根据国内外制动液规格标准提出的质量指标,应具备下列性能。

(1)平衡回流沸点:亦称干平衡回流沸点,是指制动液在测定条件下开始沸腾的温度。它是评价制动液高温抗气阻性能的指标,也是决定汽车在高温条件下制动可靠性和质量等级的主要指标,该温度越高其制动液的高温性能越好,越不易产生气阻,就越安全可靠。所以在制动液规格标准中都对平衡回流沸点作了规定。由于汽车平均速度的提高,密闭式车轮设计、ABS 防抱死和盘式制动器的使用,使制动系统的温度有了较大的提高,由于这种温度的上升,刹车油的工作温度也同样有了较大的上升,为防止刹车油因温度升高气化而产生气阻,对刹车油的沸点提出了更高的要求。汽车制动液的平衡回流沸点就是用来评价制动液的高温抗气阻性能的。产生气阻的原因,一是摩擦热;二是散热不良;三是制动液中易挥发的组分的沸点过低。所以防止气阻产生的措施,应从改进摩擦系统,改进散热系统提高制动液平衡回流沸点来实现,但就目前来看,改进摩擦和散热困难较大,那么提高制动液的平衡回流沸点是最容易实现的。所以在制动液规格标准中都对制动液的平衡回流沸点作了规定。在 DOT3、JG3 制动液的技术规范中要求平衡回流沸点应不小于 205℃,在 DOT4、JG4 制动液技术规范中要求平衡回流沸点不低于 230℃。

(2)湿平衡回流沸点:汽车在使用过程中,由于制动系统不能与空气完全隔绝,制动液不可避免地吸入水分,含有水分的制动液的平衡回流沸点和产生气阻的温度都会降低,同时含有水分的制动液还会产生化学性质变化,如黏度增高,流动性变差,产生腐性蚀物质等,这就会影响制动液的使用性能。为评定制动液吸收水分后平衡回流沸点变化情况,即用湿平衡回流沸点进行控制,它是指在制动液试样中按一定的方法增湿后测得该溶液的平衡回流沸点,该沸点与平衡回流沸点愈接近,表示制动液在潮湿条件下使用可靠性愈高,越不易产生气阻。在 DOT3、JG3 等技术规范中要求湿平衡回流沸点应不低于 140℃,在 DOT4、JG4 技术规范中要求湿平衡回流沸点不低于 155℃。

(3)高低温运动黏度:它是评定制动液在使用过程中的高温润滑性、密封性和低温流动性,也是评定汽车在高低温条件下制动可靠性的重要指标之一。由于汽车制动液的工作条件,要求制动液在高温和低温时都要有适宜的黏度,使制动液在高温时不因黏度太低而造成机械磨损及从总泵分泵处泄漏,在低温时也不会因黏度太大,造成传动不良,总泵不进油使刹车失灵,回油不畅使刹车把劲等。根据制动液的工作条件,在 DOT3、JG3 的技术规范中要求高温时的运动黏度(100℃)不小于 1.5mm²/s,低温黏度(-40℃)时运动黏度不大于 1800mm²/s,才能保证制动的可靠性。否则将影响制动效果,危及行车安全。

(4)与橡胶的配伍性:液压制动系统中制动总泵和制动分泵均有随活塞一起运动的橡胶皮碗,皮碗不仅与缸壁紧密接触以保证其良好的密封性,而且还要活动自如,耐液抗磨,不能因制动液的浸润使其机械硬度降低,产生软化,溶胀,溶解固化和紧缩,使橡胶皮碗的体积和质量发生变化,失去应有的密封性能,影响制动力传递,更不能发生皮碗卡死,使制动踏板无力等现象。一般要求制动液能使橡胶件有一定的溶胀,以提供适当的轴封、有效的抗磨与润滑。因此,对皮碗在试验条件下的体积、根径、硬度变化均有严格的要求,在 DOT3,JG3,DOT4,JG4,DOT5,JG5 的技术规范中要求天然橡胶在 120℃±2℃,70h±2h 以及 70℃±2℃,120h±2h 条件下,直径增大 0.15～1.4mm,体积变化不大于 6%,硬度下降小于 10 度,性状及外表无变化。

(5)金属的腐蚀性:制动液作为制动力传递介质,在制动系统中直接与多种金属接触,在这种接触中存在着电解与电化学作用。

若化学稳定性不好特别是在吸湿后,电解和电化学作用就增强,极易产生腐蚀,使活塞与缸壁间隙增大,而产生泄漏,导致制动液压系统压力下降,制动失效,即使不泄漏由于腐蚀产生的黏稠状物质也会堵塞总泵进油孔造成不进油。使制动失效。为了使制动液不产生、少产生腐蚀,在标准中用七种特制的金属片通过腐蚀试验来控制。在 DOT3,JG3,DOT4,JG4,DOT5,JG5 等型制动液的技术规范中要求,金属腐蚀性试验中腐蚀性重量变化规定如下:镀锡铁,钢,铸铁为 $\pm 0.2\mathrm{mg/cm^2}$、铝为 $0.1\mathrm{mg/cm^2}$,黄铜和铜为 $\pm 0.4\mathrm{mg/cm^2}$。

(6)pH 值呈微碱性:在制动液的技术规范中规定制动液要呈微碱性,因为制动液呈酸性时会加速对制动系统金属零部件的腐蚀。

除上述性能外,还要求制动液具有良好的溶水性,外观清澈透明,无悬浮物、尘埃和沉淀物。

5. 制动液的选择与使用原则

在前面我们从制动液的发展过程、概况、现代汽车对制动液的要求、制动液的性能及分类,影响制动液性能的因素等方面对制动液进行了介绍,希望通过这种介绍使大家对制动液有一个比较全面的认识,并由这种认识使大家能正确选择、使用制动液,消除由于选择不当和使用不当给自己造成的损害与潜在的危险,从而使自己在经济上节约开支。在这里向大家介绍一下制动液的选择与使用原则:

(1)制动液的选择

在选择制动液时应注意以下两点:

①不能只是贪图便宜,应选用与自己车型相匹配的,并且是通过国家审定合格的大型企业生产的、包装完好、存贮时间不太长的制动液。

②使用合成型制动液,并优先选用高等级产品。我们在前面曾讲过,由于现代汽车新技术、新材料和新结构的发展与使用,制动系统的温度不断升高,对制动液的要求也就更苛刻。为什么要选择合成制动液,并选择高等级产品呢? 根据在工作中得到的经验,只有这样才能保正安全可靠。合理选择制动液是确保制动可靠的关键,在选择时还应根据汽车的功率、速度、负荷等来确定制动液的质量等级或按说明书中规定的质量等级选用,质量等级越高、制动液的高温抗气阻性能、低温流动性、抗氧化性能、化学稳定性等就会越好,就越能满足汽车的使用要求。我国各级制动液推荐使用范围见表 2-21。

(2)ABS 汽车制动系统制动液的选择

ABS 制动系统工作时具备以下特点:

表 2-21　制动液的主要特性及推荐使用范围

级别	制动液主要性能	推荐使用范围
JG3	具有良好的高温抗气阻性能和优良的低温性能	相当于 ISO4925 和 DOT3 的水平,我国广大地区均可使用
JG4	具有优良的高温抗气阻性能和良好的低温性能	相当于 DOT4 的水平,我国广大地区均可使用
JG5	具有优异的高温抗气阻性能和低温性能	相当于 DOT5 的水平,有特殊要求的车辆使用

①在 ABS 系统中,制动管路要比不带 ABS 的长很多,制动液的运行路线也比不带 ABS 的曲折得多,致使制动液在流动过程中受到的阻力较大,另外在 ABS 系统中 ABS 泵的零件很多,也很精密,这些零件对制动液的要求也就越苛刻,要求制动液在低温时的黏度要恰当,不能太高,否则将影响制动液在 ABS 泵控制阀中的运动速度使传力速度减慢,制动系统灵敏度降低。高温时运动黏

度又不能太低,若太低会使 ABS 泵及控制阀得不到良好的润滑,从而造成 ABS 系统的早期损坏。因此 ABS 系统所选用的制动液必须具备恰当的黏度。

②在 ABS 系统中制动液反复经历压力增大减小循环,车轮制动器又在常摩擦中,因而制动液的工作温度和压力较常规制动系统高,这就要求制动液要具有更强的抗氧化性能和化学稳定性,以免制动液中形成胶质、沉积物和腐蚀性物质,并且要具有更高的高温抗气阻性能,以免制动液高温时产生气阻,使制动失灵。

③在 ABS 系统中有更多的橡胶密封件和橡胶软管,要求制动液要有好的橡胶配伍性。

④在 ABS 系统中,因为 ABS 泵及控制阀的加工精度很高,要求制动液要有很好的化学稳定性和抗腐蚀能力,以免因腐蚀造成各精密配合副的过早损坏。

根据以上特点,ABS 制动系统一般选用 DOT4 制动液。尽管 DOT5 的制动液具有更高的沸点,但由于 DOT5 是硅油制动液,会对橡胶件产生较强的损害,其成本也比较高。因此,一般不选用 DOT5 制动液。

在前面我们介绍制动液性能时知道,DOT3、DOT4 制动液都是醇基制动液,有较强的吸温性,随着使用时间的延长,含水量会不断增加。当制动液含水时,第一,会使平衡回流沸点降低;第二,会使制动液发生水解反应生成酸性物质,腐蚀零部件;第三,水本身会使零部件锈蚀;第四,会使制动液黏度增大,影响制动液的流动速度,使制动变的迟缓、制动距离延长;第五,由于黏度的增大,有时会堵塞制动总泵的进油孔,导致总泵不进油。DOT3、DOT4 制动液一般经过 12 个月使用后其含水量大约在 2%,经 18 个月使用后,含水量约有 3%,因此建议每隔 12 个月更换一次制动液。

(3)制动液更换的确定

我们在使用中怎样确定制动液是否该换呢? 下面介绍几条经

验供大家参考:一看制动液的使用时间,一般不要超过 12 个月;二观察制动液是否有铁锈、棕色沉淀、灰色沉淀,如果有应及时更换;三看制动液是否清澈透明,如果制动液中有絮状沉淀物要及时更换;四用仪器检查制动液的含水量和沸点,如果沸点降至规定的湿沸点以下,则应及时更换。在维修制动系统并更换零件时,应同时更换制动液。

(4)制动液的选购

在选购制动液时由于没有基本的检验手段,因此很难判断其质量的优劣。笔者认为在选购制动液时应注意以下几个方面:

①商标:商标上应标明产品的注册商标、规格、生产企业名称、详细地址、联系电话等;应标明"符合 GB12981—2003 标准"字样,因为其他标准都已废止,所以,若没有这些标注则为不合格产品。标有醇型制动液的是劣质产品,只标有某某汽车专用但未标明具体型号、级别的产品要谨慎购买。

②没有中文字样的进口产品要谨慎购买与使用。

③在购买产品以后,打开封口使用时还要注意制动液的品相,如果制动液不是清澈透明、有悬浮物、尘埃、沉淀物质,则不能使用。

④看气味:若制动液带有浓重的酒精味,则为不合格产品;没有任何气味的产品也不可能是合格产品。

⑤外包装:产品外包装不能有渗漏,以免制动液吸收空气中的水分,造成产品指标下降。

(5)严禁混用制动液

不同企业生产的产品,虽然种类、技术指标等大体相同,但因生产原料和制造工艺不同,因而不同品牌产品所用添加剂不同,而且一种制动液里面的添加剂相互之间存在着相对平衡,当两种不同品牌的制动液混在一起时,就有使这种平衡被破坏的可能,从而失去或降低应有的作用。有时在混用时,还有可能出现浑浊和沉淀。这不仅会大大降低制动液的性能,而且沉淀颗粒会堵塞通路,造成制动失灵。

六、防冻液的选择与使用

自从世界上有汽车以来的近百年历史中,汽车发动机有了长足的发展,热效率有了很大的提高,根据科技人员的不断研究与探索发现,热效率的高低与发动机的工作温度有很大关系。如果发动机的工作温度过低就会使燃料进入汽缸后,由于缸筒和缸盖的冷却作用,凝结并附着在缸壁上,使这部分附着的燃料燃烧性能变坏,从而降低发动机的热效率。为了不使这种现象发生,要求发动机的工作温度要保持在较高的水平。如上海桑塔纳的正常工作温度为 90~105℃,一汽捷达为 85~115℃,富康为 90~118℃。但工作温度也不能太高,否则热效率也会降低,因为发动机工作温度过高时,会使发动机的充气效率下降,燃烧状态变坏,从而使发动机的动力性下降,引起热效率下降。由于这种工作温度的限制,对发动机冷却系统工作条件的要求就很苛刻。虽然汽车行业在这100 年的历程中有了长足的发展,但到目前为止,汽车冷却系统已经采用液体冷却,采用其他冷却方式的只是很少一部分,如采用风冷等。因为液体冷却的可靠性较高,稳定性较好。但同时对冷却介质也就提出了更高的要求。我们大家都知道,在过去我们一直以水作冷却介质,水的开锅温度只有 100℃,这样它就很难适应现代发动机工作的要求。由于现代科学技术的发展,除铸铁外,其他轻质合金材料在发动机中的应用越来越多。如铜、铝、焊锡等,由于这些材料的应用,对冷却介质的防腐蚀性能提出了更高的要求,因为这些不同的材料直接接触,由于它们的外层电子不同,很容易产生电化学反应而腐蚀和锈蚀,水在这方面是很难达到要求的。有鉴于此,经过科学技术人员的努力生产了汽车防冻液。

1. 汽车防冻液的概述及性能

（1）防冻液的作用

随着发动机结构改进、控制方式的改变、新材料的应用、公斤马力的增大、升功率的提高、热效率的提高，与老式发动机相比，现代发动机的正常工作温度上限一般都超过了100℃。如果冷却系统用水冷却，在正常工作的前提下，发动机就会出现开锅，而在0℃以下时又会结冰，冰的体积比水的大9%，易使水箱和缸体胀裂。另外水会带来对冷却系统的腐蚀，在冷却系统中生成水垢，影响散热效果。

因此，现代汽车的冷却系统已不能再使用水冷却，由此可见防冻液必须有以下功能：防冻、防开锅、防腐蚀、防水垢、无泡沫并不受季节、地域的影响。

（2）防冻液的性能

在前面我们已述及现代发动机对冷却液的要求越来越高，要使现代汽车发动机正常工作，冷却液必须具备以下性能：

①良好的防冻性能

良好的防冻性能是防冻液应具备的最基本的性能。也就是说冷却液不应受季节、地域条件的限制，能免除冻天放水的麻烦，所以必须具备在低温条件下不结冰的能力。

②防腐败及防锈性能

发动机由许多种金属制造，其中和冷却液直接接触的有铜、铁、铝、钢、焊锡等，这些金属直接接触时就容易因最外层电子数的不同而产生电化学反应，在与冷却液接触时，如果冷却液的防腐性能不好，就会加重这种由电化学引起的腐蚀和锈蚀，所以防冻液应具有良好的防腐和防锈功能。

③沸点要高

在海拔高度较低并有一定压力的条件下，比如冷却系统良好时,冷却系统的压力会高于一个大气压,水的沸点也会高于100℃。但是即使这样依然难以满足现代发动机正常的工作要求,所以要求冷却液的沸点比水的沸点要高,即大于100℃。只有这样,在夏季使用时才能满足现代发动机的要求。

④对橡胶密封导管无溶胀及侵蚀作用

现代汽车的冷却系统中,发动机与散热器、发动机与采暖用的暖风水箱的连接基本都是用的橡胶管,循环用的水泵中的水封一般也是由橡胶制成。在工作中冷却液必然要与这些橡胶件接触,如果冷却液对橡胶件有溶胀及侵蚀作用,接触时间长了就会使这些橡胶件损坏而产生泄漏,因此要求冷却液要与橡胶有良好的相溶性。

⑤防止冷却系统结垢的性能

发动机冷却系统中的水垢与日常生活中水壶的水垢不尽相同,除了钙、镁离子形成的水垢之外,还有硅胶垢、腐蚀产物形成的金属垢等,形成原因多种多样。

a. 钙、镁离子水垢的形成主要来原于硬水。在使用过程中冷却液会有一定的损耗,要及时向冷却系统补充。有些用户不是补加冷却液或蒸馏水,而是直接加硬水,结果硬水中的钙、镁离子就会与普通冷却液中的无机盐成分形成水垢。当这些水垢形成于缸体、缸盖水道时,因水垢的散热不好,便会出现局部高温使润滑条件和燃烧过程恶化,从而加速发动机的磨损和经济性、动力性的降低。

b. 硅胶垢主要来源于无机型冷却液的硅酸盐。作为铝合金的特效防腐,剂硅酸盐被广泛用于普通无机型冷却液中,在添加硬水时硅胶很容易析出,形成硅胶垢,堵塞散热器的散热管且极难清除,结果大大降低传热效率,使发动机过热。

c. 腐蚀产物形成的金属垢:金属垢以铁垢和焊锡垢为主,前者是由普通无机型冷却液中的无机盐与缸体上的铁金属反应生成的保护膜因消耗脱落形成；后者是由于具有强氧化性的无机盐腐蚀抑制剂，加剧焊锡开花腐蚀而形成的蓬松沉淀物，由于该金属垢形成于冷却系统焊缝位置，容易造成焊缝堵塞及焊缝过热，因强度下降引起泄漏。

由以上分析看出，水垢的形成不仅与用户在使用中是否加硬水有关，还与冷却液中的腐蚀抑制剂有关。

⑥抗泡沫性能

从热力学角度讲，流体中的气泡散热性能极差，在泡沫爆裂时还容易引起与之接触的金属材料的气蚀，同时由于气泡的存在会使冷却系统容积减小，将冷却液挤出冷却系统，带来冷却液损失，甚至影响冷却液的正常流动，使散热效果变差。此外，生成的泡沫会增大冷却液与空气的接触面积，加快冷却液的氧化变质，降低冷却液的使用寿命。所以要求防冻液要有良好的抗泡性能。

⑦低温黏度不能太大

防冻液的低温黏度如果太大，在低温时冷却液的流动就会变的困难，从而影响冷却液的散热作用。

⑧化学稳定性

长效冷却液的使用期限一般为两年，有的可能更长，如丙二醇冷却液等。要使冷却液在有效使用期内能正常工作，就要求其化学组分的化学稳定性要好，不能产生不利于冷却系统工作的物质。

2. 防冻液的分类、发展趋势与防冻液的规格标准

(1)按照使用时间可分为长效防冻液和短效防冻液

长效防冻液具有冬天防冻，热天防沸，常年防腐蚀、防水垢的功能，使用时间一般为两年。

短效防冻液指普通防冻液，但也必须能保证使用一个冬季，此外，要求对发动机冷却系统无明显腐蚀作用，不能常年使用。

(2)按组成成分防冻液一般可分为如下类型

①酒精—水型；②甘油—水型；③乙二醇—水型；④二甲基亚砜—水型；⑤二乙二醇醚—水型。

另一种分类方法则将防冻液分为如下类型：

①无机盐—水型，如氯化钙、氯化钠和三氯化铁等无机盐，这种防冻液目前很少使用。

②有机物—水型，有机物有蔗糖、淀粉、三氯甲烷、1,2—环氧丙烷等，我国过去生产的 80 型防冻液就是 1,2—环氧丙烷和去离子水配制的。

③醇—水型，如甲醇、乙醇、丙三醇、乙二醇、二乙二醇等组成的防冻液。

以上各种类型防冻液使用最多的是醇—水型，其中酒精—水型防冻液由于沸点低易蒸发，使用中损失量大已基本停用。目前市场上供应的乙二醇—水型用量最大，占主导地位。

乙二醇的优点和缺点：乙二醇蒸发损失少，冰点低，最低可达 −68℃，沸点高，随乙二醇在防冻液中的比例而异。但对金属有腐蚀作用。

为了使以乙二醇为基础液调配而成的冷却液能达到防冻、防沸、防腐、防锈、防结垢等要求，在防冻液的生产中必须添加防腐、防锈剂、pH 值调节剂、消泡剂等。

目前市场上供应的乙二醇型防冻液主要有如表 2-22 所示的几种规格。

表 2-22　乙二醇防冻液(3H0521—1999)

项目	浓缩液	−25	−30	−35	−40	−45	−50
冰点/℃		−25	−30	−35	−40	−45	−50
沸点/℃	163	106	106.5	107	107.5	108	108.5

但防冻液母液不能直接使用(即浓缩液)，必须用去离子水，根据使用温度调制后才能用于发动机冷却系统。乙二醇冷却液的冰

点随着乙二醇在冷却液中含量的变化而变化。含量在 59％以下时随着含量的增加,冰点下降,当含量越过 59％时,却随着含量的升高,冰点也升高。其关系如表 2-23 所示,这也是浓缩型防冻液不能直接使用的根本原因。

表 2-23　乙二醇含量与冰点

冰点/℃	乙二醇含量％ (质量分数)	冰点/℃	乙二醇含量％ (质量分数)	冰点/℃	乙二醇含量％ (质量分数)
−10	28.4	−30	47.8	−50	59
−15	32.8	−35	50	−45	80
−20	38.5	−40	54	−30	85
−25	45.3	−45	57	−13	100

(3)冷却液的发展趋势

随着社会的进步,人们对环境保护的意识越来越强。这就要求我们使用的冷却液,不但要适应发动机工作的需要,还要不污染环境,使用寿命长。

丙二醇作为防冻液的基液,在环保及性能上要比乙二醇优异得多。

丙二醇的优点与缺点:丙二醇与乙二醇相比,在热传导、冰点防护、橡胶相溶性方面的性能与乙二醇相当,在抗气蚀、毒性、生物降解方面则有着乙二醇无法比拟的优势。在冰点与沸点方面,丙二醇的冰点低达−68℃,而沸点高达 187℃,是名副其实的抗沸抗冻的冷却液。目前已受到各方面的重视。由于价格因素,虽然目前还没有投放市场,但随着汽车技术的迅速发展,人们对环境保护意识的增强,性能优越、环境友好、使用寿命长的丙二醇冷却液一定会得到科研部门的开发及应用。

(4)冷却液的规格标准

国际上通用的防冻液标准是 ASTM3306，ASTM3306 制定于1974 年，至 1994 年已经过六次修订发表了 ASTMD3306—94 标准，94 标准使指标更科学、更实用，将浓缩液的沸点由 148.9℃ 提高到 163℃；增加了铸铝合金表面传热、腐蚀和气蚀特性的评定要求。我国现行的有石化行业标准 SH0521—1999《汽车及轻负荷发动机用乙二醇型冷却液》。产品按冰点分为，—25、—30、—35、—40、—45 和—50 共 6 个牌号。还有交通部制定的 JT225—1996《汽车发动机冷却液安全使用条例》，其中按冰点分，—25、—35、—45 3 个牌号。

3. 防冻液的正确选择、使用与使用中的问题解答

(1)防冻液的选择

①根据环境温度选择防冻液

我们使用防冻液，是因为当气温太低时，如果不用防冻液，发动机冷却系统及管道要结冰，冰的体积比水的体积大，容易因膨胀将发动机冷却系统胀坏，给我们造成不应有的损失。不用冷却液，就要天天将冷却系统的水放掉，给我们增加了很多的麻烦。为防止问题的发生，我们选择使用防冻液。因此，防冻液的冰点就成了我们选择防冻液的重要标准之一。根据经验，选择的防冻液冰点应比我们所在地的环境最低温度低 10℃ 以上，如果经常出远门或前往寒冷地区的，就要根据寒冷地区的最低环境温度选择防冻液的冰点。

②根据车辆的要求不同选择防冻液

在前面我们提到过，由于汽车技术的发展，现代汽车的正常工作温度较高，为了适应现代汽车发动机的工作要求，我们选择防冻液既要考虑严寒季节的最低环境温度，又要考虑高温季节发动机的正常工作，所以应选用长效的沸点较高的防冻液。

③选用具有防锈、防腐、有除垢功能的防冻液

由于我们现代汽车新技术、新材料、新结构的提高与应用,防冻液是否具有防腐、防锈、除垢的能力,对发动机的经济性、动力性及使用寿命,将有至关重要的影响。如果防腐、防锈的性能不好,就会造成有关的部件寿命缩减,给我们造成不必要的经济损失,使维修费用增高。除垢能力不好就会使发动机的局部因结垢散热不好、温度升高、燃烧性能变坏,动力性下降,并有可能造成有关部件的损坏。不但会使油耗增加,同时也会使维修保养的费用升高。所以,在选择防冻液时,一定要选择具有优异防腐、防锈、去垢能力的防冻液。

④选择与橡胶相溶性好的防冻液

冷却液是否与橡胶件相溶性好,不但影响橡胶件的使用寿命,有时还可能给我们造成不应的损失。比如冷却液与橡胶件相溶性不好,它对橡胶件会有溶胀与侵蚀,使橡胶件过早出现损坏,不得不掏钱维修,这种损坏如在家中出现,维修起来会方便并经济些,如在行驶中出现,有时后果不堪设想,因为在行驶中出现,我们及时发现、及早处理损失会小些,如发现不及时很可能造成因发动机温度过高而造成烧瓦抱轴,从而造成更大的损失。即使发现较早,如果是行驶在高速公路上,处理起来也会比较困难,损失同样也不会小。因此,冷却液与橡胶件的相溶性绝对不能忽视。

⑤按车辆多少和集中程度选择冷却液

车辆较多且又相对集中的,可选用小包装的浓缩液(母液),这种浓缩液性能稳定,运输储存方便,可以根据不同环境温度和使用要求灵活调配,比较灵活和节约。车辆少或个体用户,可选用直接使用型防冻液。

⑥对生产厂家与品牌的选择

经过前面我们对现代发动机和防冻液的要求看,对防冻液的指标要求越来越苛刻,一般生产设备简陋的生产企业很难做到,防冻液的性能能严格达到使用要求,以选用大厂生产的品牌防冻液为宜。

(2)正确使用与使用中应注意的问题

①正确选择了防冻液,能否正确使用,关系到防冻液的寿命与性能能否保持的问题,我们如果能做到正确使用,就能在使用期内保持防冻液良好的性能,同时保证了发动机的性能。在更换或加注防冻液前一定要对发动机冷却系统进行一次认真全面地清洗,不管在这之前发动机冷却系统用的是什么冷却介质。这是因为:a. 如果发动机在这以前用的是硬水,冷却系统内会有水垢和金属锈蚀物质存在,而防冻液中有除垢剂和清洗剂,不清洗发动机,在加入新防冻液后水垢和金属锈蚀物会因除垢剂和清洗剂的作用脱落,使防冻液变浊、变稠、变色、变味造成防冻液性能的变化,不得不将防冻液放掉并清洗冷却系统。b. 由于新防冻液清洗的作用将大量污垢清洗掉,造成水管和散热管堵塞,沉淀在发动机水套、水管弯头、水箱下部等部位,使冷却液的循环受限。从而影响发动机的散热和正常工作,而这种沉淀集中清除起来很麻烦。c. 一直使用防冻液的车辆也要进行清洗,因为乙二醇是油性物质,并加有防腐剂、防锈剂、缓施剂、消泡剂等添加剂,在长期使用中虽然使金属部件得到了保护,同时也在金属表面形成一层保护膜,这种膜影响了发动机与散热器的散热能力。笔者在维修过程中曾遇到过不少类似的故障,所以,就是一直使用防冻液的车辆也应进行一次清洗。d. 防止油类物质进入冷却系统。当油类物质进入冷却系统后会使冷却液产生很多泡沫,将冷却液从冷却系统中挤出,并使散热效果变差。e. 加注前要对冷却系统进行全面检查,看有无渗漏与需要更换的零部件,如有这些问题,要排除后再加注防冻液,以免给自己造成麻烦和浪费。f. 禁止直接加注防冻液浓缩液。前面我们对防冻液进行介绍时,曾经讲过浓缩防冻液的乙二醇含量很大,这时防冻液的沸点在使用中不会有问题,而冰点却很难保证我们正常使用,因为乙二醇的冰点只有-13℃,不但如此,有时还

会有意想不到的问题出现,如因为浓度大时,密度和黏度也增大,会使冷却液的循环出现问题,从而影响发动机散热等。所以,不能将浓缩液直接加入冷却系统,一定要按使用环境温度和使用条件调制后再使用。g. 在使用中要定期检查。每年结合换季保养要对防冻液进行下列检查:包括冰点,防冻液外观是否变浊、变质、变味、发泡等,如发现冰点达不到要求或有变浊、变质、变味发泡等现象时,应及时更换。

②使用中应注意的问题

在防冻液的使用中一定要注意以下问题:a. 不同品牌的防冻液不能混用。我们在介绍防冻液的组成时讲过,由于防冻液的基液乙二醇对冷却系统有腐蚀性,而且,为了保证防冻液其他性能,在防冻液的生产中都加有各种添加剂。而不同厂家在生产防冻液时所用的添加剂是不同的,含有不同添加剂的防冻液混合就有可能造成防冻液中相对平衡的化学物质遭到破坏,从而使防冻液的各种性能被破坏,不得不将防冻液换掉(影响发动机的冷却系统)。b. 在更换防冻液时,要多买一点备用,不要用多少就买多少,很多人有占便宜的心理,当在使用中发现冷却液损耗了,会将车子开到服务站或修理厂去,让人家给加点冷却液,但这很得不偿失。在市场经济的大潮中,任何一个单位、个人都以挣钱为目的,服务站、修理厂也不可能自己掏钱给你加防冻液。那么这中间就很容易出现问题,所以笔者劝大家不要占这点便宜,而应自己备好与自己发动机所用相同的防冻液。这样,第一,不易造成不同防冻液的混合而给自己造成不必要的麻烦;第二,自己在行车中一旦冷却系统出现问题,将备用防冻液加到发动机里,就可使自己免除将车辆抛锚在前不着村后不着店,又无法处理的困境;第三,当车辆冷却液少时,不要加没有处理过的水,因为这样会使冷却系统生成硅胶垢。在现在的冷却液中,为了消泡都加有消泡剂,而硅油具有很好的消泡作用,如果防冻液中用的是硅油,当你加入硬水时,就会使硅油析出而生成硅胶垢,由于硅胶垢很难清除,严重时就不得不将某些零件换掉,而给自己造成损失;第四,在刚换了新防冻液后,一定要勤检查是否有泄漏的地方。在使用中发动机冷却系统的冷却循环通路的各连接部位会有不同程度的污垢,由于这些污垢的存在,冷却系统可能不会泄漏。一旦换用新防冻液后,由于防冻液的去垢与清洗功能,会使这些部位的污垢脱落产生泄漏。若不能及时发现,很可能造成严重的后果。所以在刚换上新的防冻液时一定要勤检查是否有泄漏的情况。

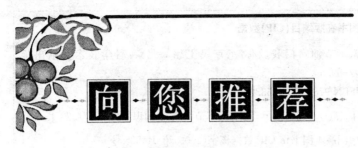

向您推荐

汽车快修巧修系列

注：邮费按书款总价另加 20%

图书在版编目(CIP)数据

汽车节油窍门我教你/王京民主编 .-北京:科学技术文献出版社,2009.5

ISBN 978-7-5023-6330-7

Ⅰ.汽… Ⅱ.王… Ⅲ.汽车节油-基本知识 Ⅳ.U471.23

中国版本图书馆 CIP 数据核字(2009)第 044535 号

出 版 者	科学技术文献出版社	
地 址	北京市复兴路 15 号(中央电视台西侧)/100038	
图书编务部电话	(010)58882938,58882087(传真)	
图书发行部电话	(010)58882866(传真)	
邮 购 部 电 话	(010)58882873	
网 址	http://www. stdph. com	
E-mail:stdph@istic. ac. cn		
策 划 编 辑	白 明	
责 任 编 辑	白 明	
责 任 校 对	赵文珍	
责 任 出 版	王杰馨	
发 行 者	科学技术文献出版社发行 全国各地新华书店经销	
印 刷 者	富华印刷包装有限公司	
版 (印) 次	2009 年 5 月第 1 版第 1 次印刷	
开 本	850×1168 32 开	
字 数	167 千	
印 张	7	
印 数	1～5000 册	
定 价	13.00 元	